4ever Sister

Sibylle Rieckhoff

Bella und Joy

Zwei wie Pech und Schwefel

Sibylle Rieckhoff

Bella & Joy

Zwei wie Pech und Schwefel

Mit Illustrationen
von Sabine Gutsch

Ravensburger Buchverlag

Bibliografische Information der Deutschen Nationalbibliothek:
Die Deutsche Nationalbibliothek verzeichnet diese Publikation
in der Deutschen Nationalbibliografie.
Detaillierte bibliografische Daten sind im Internet
über http://dnb.d-nb.de abrufbar.

MIX
Aus verantwortungsvollen Quellen
FSC® C114500
www.fsc.org

Das für dieses Buch
verwendete FSC®-zertifizierte Papier liefert
Arctic Paper Mochenwangen GmbH

1 2 3 4 5 19 18 17 16 15

Originalausgabe

Lektorat: Emily Huggins

Umschlag- und Innenillustrationen: Sabine Gutsch

Printed in Germany

ISBN 978-3-473-40123-9

www.ravensburger.de

-Vorweg-

Joy: Darf ich vorstellen?

Meine Schwester Bella. Genauso alt wie ich, fast dreizehn ...

Stimmt nicht! Ich bin eine halbe Stunde jünger.

... ruhig, bescheiden – ein richtiger Gutmensch. Im Gegensatz zu mir! Ohne mich wäre sie aufgeschmissen, echt, weil sie viel zu lieb ist für diese Welt und ...

Ist gut, Joy, hör auf.

Ihr einziger Fehler: Sie unterbricht mich dauernd. Dabei wollte ich noch sagen, dass Bella unglaublich schöne Gedichte schreibt. Die wird mal berühmt, jede Wette!

Bella: Joy auch, aber anders. Sie spielt sensationell Gitarre und genau das wollte ich gerade erzählen …

Dann hör auf zu labern und fang an.

- 1. -

Bella: Ich hab gewonnen! Gewonnen, GEWONNEN, GEWONNEN! Ich bin ja so glücklich! Eigentlich hab ich nicht wirklich daran geglaubt, aber irgendwie auch doch, denn mein Gedicht ist gut, das weiß ich, nur hat an dem Wettbewerb die ganze Schule teilgenommen, das sind 800 Schüler – und jetzt bin ich von allen die Beste! Als der Moser in die Klasse kam, hab ich schon was geahnt. Man sieht ihm immer gleich an, wie er drauf ist, und heute war seine Laune bombig. „Der Gewinner des Schreibwettbewerbs steht fest“, verkündete er. „Oder ist es vielleicht eine Gewinnerin?“ Bedeutungsvoll ließ er seinen Blick über die Klasse schweifen. Wir waren alle total gespannt.

Joy: Die meisten waren doch nur scharf auf den Preis! Die Klasse des Siegers kriegt nämlich Freikarten für den

Fun-Park, inklusive Achterbahn und Pommes. Dafür lohnt es sich schon mal, den Stift in die Hand zu nehmen, haben alle gedacht, und deshalb sind 800 mehr oder weniger bedeutsame Werke dabei rausgekommen.

Bella: „Es ist jemand aus unserer Klasse“, fuhr der Moser fort. „Ich bin sehr stolz auf euch. Ihr habt kreative Höchstleistungen erbracht, in jeder Beziehung. Der kürzeste Beitrag stammt nämlich auch von hier. Gerade mal ein Satz: *Vor fünfzig Jahren wurde mein Opa geboren.* Punkt. Fertig.“

Wir lachten alle. Marcel, der mit Abstand faulste Typ der Schule, stand auf, verbeugte sich, schüttelte die Hände überm Kopf, als hätte er grad den New-York-Marathon gewonnen, und säuselte: „Autogrammwünsche bitte später.“

„Der längste Beitrag stammt ebenfalls aus unserer Klasse“, erklärte der Moser weiter. „Er hat den Umfang von Schillers

‚Glocke' und ich werde ihn später vorlesen, wenn wir eine Doppelstunde haben." Allgemeines Stöhnen. Dann machte er eine kunstvolle Pause. „And the winner is ..."

Nun sag schon – los, sag's!

„Annabell."

Bin ich das? Das bin ich! Alle drehen sich zu mir um und klatschen und johlen und plötzlich reißt Joy mich vom Stuhl, um mich zu umarmen, und wir liegen beide am Boden, zappeln wie Käfer und schnappen nach Luft.

„Wow – Bella, einfach genial! ... Aber hey, wieso freust du dich denn nicht?"

Ich freue mich ja, ich bin superoberglücklich. Aber jeder hat seine eigene Art, glücklich zu sein, hat mal ein kluger Mann gesagt, und ich freue mich eben am liebsten ganz still für mich.

Joy: Wenn Bella nicht meine Schwester wäre, würde ich sagen: Die hat 'nen Knall. Hockt den ganzen Vormittag auf dem Schulklo und lässt sich nicht blicken. Ich dachte schon, da ist was passiert! Von wegen. Gar nichts ist passiert. Sie musste nachdenken. Worüber? Bella hat ein geniales Gedicht geschrieben. Den ersten Preis dafür abgeräumt. Und der Hammer ist: Beim Schulfest soll sie es vor versammelter Mannschaft vortragen. Was für ein Auftritt! Sogar ein Fernsehteam von SAT 1 wird da sein, um alles

zu filmen! Ich werd grün vor Neid. Und was macht Bella? Freut sich darüber allein auf dem Klo. Das ist doch gestört! Die Wahrheit ist ganz einfach: Sie will nichts abgeben von ihrem Glück. Teilen war noch nie Bellas Ding. Das fing schon bei den Schnullern an und setzt sich gnadenlos bis heute fort. Mensch, Bella, wir sind Zwillinge! Wir erleben alles zusammen. Und das Glück wird größer, wenn man es halbiert ... oder wie war das?

Glück ist das Einzige, das sich verdoppelt, wenn man es teilt, hat Albert Schweitzer gesagt.

Kluger Mann! Ich kenn den zwar nicht, aber er hat Recht. Und dass du bald vor so vielen Leuten auf der Bühne stehen darfst, das ist nicht nur Glück, das ist riesig! Du wirst BERÜHMT! Ich finde, das sollten wir feiern. Na komm, du Spaßbremse, sei kein Lahmarsch!

Bella: Wenn Joy nicht meine Schwester wäre, würde ich sagen: Die hat ’nen Knall. Sie denkt die ganze Zeit immer nur an sich.

„Wenn ICH auf der Bühne stehen darf, bin ich ja soo happy!

Und das posaune ICH auch überall rum und alle müssen sich mit MIR freuen."

Irgendwann schreibe ich ein Buch: „Die Kunst, anderen zuzuhören und sie wirklich zu verstehen." Das wird ein Bestseller, garantiert, und ich bekomme dafür den Nobelpreis und vorne steht als Widmung drin: *Für meine liebe Schwester Joy, die immer sehr bemüht war, aber leider nie was verstanden hat.*

Joy ist total anders als ich. Von außen sieht das zwar keiner, aber das war von Anfang an so. Wenn Joy etwas haben wollte, hat sie gebrüllt wie ein Löwe. Vor lauter Angst, dass die Nachbarn den Kinderschutzbund alarmieren, haben Matti und Dad ihr jeden Wunsch erfüllt. Ich hab still abgewartet. Denn ich hab genau gewusst, dass ich dasselbe kriege, schließlich waren Matti und Dad immer gerecht. Aber laute Auftritte habe ich seit jeher gehasst.

Dann lies das Gedicht eben leise vor.

Ist doch egal, ob laut oder leise. Ich mag einfach nicht vor vielen Leuten den Hampelmann machen. Mir wird jetzt schon schlecht, wenn ich nur daran denke!

Bella, ich weiß, was mit dir los ist: Du hast Lampenfieber, schlicht und ergreifend.

Lampenfieber – das klingt ja schrecklich! Wie eine ansteckende tropische Krankheit, wie ein bösartiger Virus, der durch nichts zu bekämpfen ist und unweigerlich zum Tod führt …

Joy: Red nicht so ein Blech. Ich hab das mal gegoogelt, guck: Lampenfieber ist die Anspannung und Angst vor einem Auftritt. Symptome sind Herzklopfen, Erröten und Zittern. Manchen Leuten versagt plötzlich die Stimme, andere vergessen ihren Text. Das ist keine Krankheit und auch keine Macke, sondern ein „vorübergehender Gemütszustand" bei klugen und sensiblen Menschen. Na bitte, klingt doch schon viel besser! Und ich könnte dir helfen. Ich weiß auch schon, wie.

Ich brauche deine Hilfe nicht, danke.

Und ob du die brauchst! Dringend. Übrigens, schau mal, was hier noch steht: „Die Symptome von Lampenfieber ähneln denen der Verliebtheit.“ He, he ...
Aber im Ernst, es gibt nur eine Möglichkeit: Ein knallhartes Anti-Lampenfieber-Training für mein Schwesterherz. Ein sogenanntes A-L-Coaching. Das Schulfest ist in drei Wochen, bis dahin bist du fit. Versprochen!

Bella: Das ist kein Versprechen, das ist eine Drohung. Glaubt Joy wirklich, dass sie mir damit einen Gefallen tut? Aber ich tröste mich damit, dass drei Wochen eine lange Zeit sind und bis dahin kann viel passieren. Eine Sintflut zum Beispiel oder ich falle ins Koma. Dann muss der Moser das Gedicht eben selber aufsagen und kann sich im Glanz seiner begabten Schüler sonnen. Das dumme Gedicht ist wirklich nicht so wichtig. Matti sieht das jedenfalls so und wahrscheinlich hat sie Recht.

Quatsch – hat sie nicht! Und das weißt du ganz genau.

Joy: Mattis Reaktion war so was von daneben! Ich gehe jetzt noch an die Decke, wenn ich nur daran denke. Die kam wie immer völlig platt von der Arbeit nach Hause und brauchte erst mal ihre Ruhe. Ihre Ruhe! Dass ich nicht lache. Wenn man wirklich seine Ruhe braucht, quasselt man nicht eine Dreiviertelstunde lang am Telefon, oder?

„Stör mich nicht, ich rede mit Brigitte!“, zischelte sie mir zu, als ich es wagte, ins Wohnzimmer zu kommen. „Ist nicht wahr!“, rief Matti ins Handy. „Hat der das wirklich gesagt? Und du? Was hast du gemacht?“
Ich hab genau gemerkt, dass Matti lieber in Ruhe gequatscht hätte, aber das war mir egal. Gespräche mit Brigitte dauern Stunden, wenn man nicht rigoros eingreift. Also habe ich mich Matti gegenüber in den Sessel geflätzt und ihr meine Füße auf die Knie gelegt. Schließlich wollte ich ja mit ihr reden.
Den ganzen Vormittag kümmert sie sich um ihre kleinen Kita-Scheißer und nachmittags ist der Problemspeicher plötzlich voll. Nicht mit mir! Wir sind ihre Kinder, wir haben ein Recht darauf, dass sie uns zuhört. Wann immer wir wollen. „Zufrieden?“, hat sie gefragt, als sie endlich das Handy weglegte. Dann ist sie in die Küche gegangen, ich gnadenlos hinterher.
„Wir haben heute das Ergebnis vom Schreibwettbewerb erfahren“, sagte ich.
Matti (räumte Geschirr in die Maschine): „Aha. Welcher Schreibwettbewerb?“
„Na, der zum Thema: Die Schule wird 50.“
Matti (setzte Teewasser auf): „Erst fünfzig? Die sieht älter aus.“
„Nein. Das haben wir doch neulich schon erzählt. Aber rate mal, wer den Wettbewerb gewonnen hat?“
Matti (fegte Krümel zusammen): „Herr Moser?“
„Falsch. Lehrer haben nicht mitgemacht. Aber ungefähr

800 Schüler. Und eine von deinen Töchtern hat tatsächlich gewonnen."
Matti (guckte mich verständnislos an): „Du? Echt?"
„Nein, die andere."
„Bella?"

„Treffer."
Da nahm Matti Bella in den Arm. Sie drückte ihr einen Kuss auf die Stirn und rief: „Das freut mich aber! Herzlichen Glückwunsch, mein Engel. Und wer von euch beiden ist jetzt so lieb und kauft fürs Abendessen ein?"
Das glaubt man doch echt nicht, oder?

Bella: Ich weiß nicht, warum ich so schnell weine, aber es ist eben so und dafür muss man sich auch gar nicht schämen, sagt sogar Joy. Joy heult fast nie. Bei mir fließen die Tränen oft, entweder weil ich traurig oder weil ich glücklich bin. Im Moment bin ich beides.
Ich freu mich, dass ich gewonnen habe, und ich bin enttäuscht, weil Matti nicht mal fünf Minuten Zeit dafür hat und ihr der Käse fürs Abendbrot wichtiger ist als mein Gedicht.

Sie macht es bestimmt nicht absichtlich, sondern weil sie so abgehetzt und gestresst ist und für sich selber noch weniger Zeit hat als für Joy und mich. Und das ist überhaupt nicht ihre Schuld.

Nee, an der ganzen Misere ist Dad schuld. Wenn er nicht einfach abgehauen wäre ...

Ist er gar nicht! Die beiden haben sich „einvernehmlich getrennt" und ich bin heilfroh, dass der Zoff endlich vorbei ist. Aber trotzdem, er ist weg und Matti sitzt mit allem allein da und manchmal ist es eben ein bisschen viel für sie.

Oh Bella, du gütiger Engel der Barmherzigkeit. Du Mutter Theresa der traurigen Kinder. Sei doch irgendwann einfach nur mal SAUER!

Ich versuch's ja, ehrlich, aber wenn ich sauer bin, muss ich auch weinen und dann merkt kein Mensch den Unterschied zwischen wütend und traurig sein, nicht mal ich selbst. Und Teller vor Wut an die Wand schmeißen ist nun mal nicht meine Sache.

He, he ... :)

Wieso grinst Joy jetzt so dämlich? Und warum drückt sie mir ihren Puschen in die Hand?

Na gut. Ich hole weit aus – nur Joy zuliebe! – und schmeiße das Ding mit Wucht durchs Zimmer.

„He, spinnst du?"

Matti konnte sich gerade noch ducken, sonst hätte sie den Schuh an den Kopf bekommen, weil sie genau in dem Moment reinkam, als das Teil Richtung Tür flog. So was nennt man eine Verkettung unglücklicher Umstände.

Aber Matti hatte zwei Becher Kakao in der Hand und kam in friedlicher Mission und da war es nicht nett, sie mit Gegenständen zu beschmeißen.

„Ich möchte mich entschuldigen", sagte sie.

„Wofür?", fragte Joy misstrauisch.

„Dafür, dass ich so gestresst war und keine Zeit für euch hatte. In der Kita ist heute alles blöde gelaufen: Erziehersitzung, motzende Eltern, Läuse … Es wird besser, das versprech ich euch, ich weiß bloß noch nicht, wann." Dann lächelte sie ihr Matti-Lächeln, das uns immer sagt: „Ihr seid doch meine beiden Engel und ich hab euch ja soo lieb!“ Und schon war der ganze Knartsch vergessen.

„Jetzt will ich unbedingt dein Gedicht lesen“, rief Matti und kuschelte sich zwischen Joy und mich. Meine Tränen hörten auf zu fließen. Ach Matti, liebe, gute Matti!

„Und danach überlegen wir, was du anziehst bei deinem großen Auftritt.“

„Oh …!“

Na, danke, Matti! Falsches Thema. Jetzt geht's wieder los mit der Flennerei.

- 2. -

Joy: Wir sitzen in einem schwankenden Boot. Willenlos schaukelt es auf den Wellen, die Sonne brennt unbarmherzig auf uns herab. Da – eine Haifischflosse! „Festhalten!“, schreie ich, doch zu spät. Unaufhaltsam stürzt das Boot in die Tiefe. Ich reiße Prinzessin Bella an mich, denn sie ist zu jung, um so einen schrecklichen Tod zu sterben ...

Aber es nützt gar nichts.
Bella hat beschlossen,
humorlos zu sein.

„Mann, das ist Jahre her!
Inzwischen haben wir ganz andere Probleme."

Stimmt. Beides.
Es ist Jahre her, dass wir im Bett Pirat und Prinzessin gespielt haben. Ich war der Pirat, na klar. Wir haben seit ewigen Zeiten ein Etagenbett, um das uns andere Kinder immer beneideten. Manchmal haben wir gelost, wer oben

schlafen darf. Und dann haben wir die Schlafanzüge getauscht, Bella und ich. Wenn Matti und Dad uns beim Gute-Nacht-Sagen verwechselten, haben wir uns schlapp gelacht, alle zusammen. Davon ist nicht mehr viel übrig, außer dem alten Hochbett, auf dem Bella und ich gerade kuscheln.

Das Fenster steht offen und wir sehen die Sterne.

„Wenn du die Augen schließt, kannst du das Meer rauschen hören", flüstert Bella.

„Quatsch! Das Meer ist achtzig Kilometer entfernt", antworte ich. Ich höre nur den Bus um die Ecke quietschen und eine wütende Autohupe im abendlichen Parkplatzstress. Außerdem ein paar Leute, die aus der Kneipe gegenüber kommen und nicht wissen, ob sie friedlich nach Hause gehen oder sich lieber ein bisschen streiten sollen. Aus, Fenster zu!

„Willst du ins Bett gehen?", fragt Bella.

Ich hab jetzt nämlich mein eigenes Bett, sogar mein eigenes Zimmer: Dad braucht ja sein altes Arbeitszimmer nicht mehr.

„Es wurde höchste Zeit, dass jedes Mädchen ein eigenes Zimmer bekommt", hat Matti gemurmelt, als Dad die Sachen rausschleppte. Aber deswegen ist er nicht weggegangen, bestimmt nicht! Das hatte andere Gründe.

Aber ich habe keinen Bock, immer wieder dran zu denken. Nee, lieber noch ein bisschen Gitarre spielen, scheißegal, wie spät es ist. Lauter als die grölenden Typen da draußen bin ich sowieso nicht.

Du spielst schon richtig gut, viel besser als noch vor ein paar Wochen. Nein, echt! Willst du es nicht mal bei den SHARkX versuchen?

Und ob ich das will! Und zwar gleich morgen. Wenn die beim Schulfest auftreten, MUSS ich dabei sein!
Stell dir vor: Ich da oben auf der Bühne, vor Hunderten von Leuten, vor den Kameras von SAT 1! Der Beginn einer Karriere. Der Anfang einer sensationellen Rockmusikerin. Dem Moser wird es noch leidtun, dass er mir eine Fünf in Mathe reingewürgt hat. Aber ich bin nicht nachtragend, er kriegt ein Autogramm. Glaub mir: In einem Jahr bin ich weltberühmt.

ANGELA

Willst du das denn wirklich?

Na klar! Du wirst geliebt, verehrt, bewundert. Du verdienst eine Menge Kohle. Denk an Angela Merkel. Oder Heidi Klum. Oder an Barbie.

BARBIE

Jetzt schmeißt du aber einiges durcheinander.

Und wenn schon! Mein Ziel steht fest. Und der erste Schritt auf diesem Weg ist der Auftritt mit den SHARkX. YEAH!

HEIDI

Joy, hör auf, nicht so laut!

Doch! E-Gitarren müssen schreien.
Was will Bella mir sagen? Ich verstehe kein Wort!
Oh Scheiße – Matti. Ay ay, Käpt'n, schon gut. Ich hör ja auf! Und ich geh rüber in mein eigenes Bett. Gute Nacht, Prinzessin! Denk dran: Der große Pirat beschützt dich. Wenn du Hilfe brauchst, klopf an die Wand.

Gute Nacht, Pirat, träum was Schönes.

Mach ich. Ich kuschel mich unter die Decke und verdränge, dass hier vor Kurzem Dads Schreibtisch stand. Sein alter Bücherschrank ist noch da, ein Erbstück von Opa. Nur die Bücher hat er eingepackt.
„Das Monstrum kannst du auch mitnehmen", hat Matti gesagt. Aber Dad hat nur gegrinst und erklärt, dass im Transporter leider kein Platz mehr ist und er den Schrank später holt.
Vielleicht hat er ihn ja absichtlich dagelassen, weil er zurückkommen will? Ich lasse ihn leer. Nur die Gitarre lehnt davor. Der Mond scheint drauf. Vollmond ... Bei Vollmond kann man sich was wünschen, hat Matti uns früher erzählt. Das heißt, wünschen kann man sich immer was. Aber bei Vollmond geht es in Erfüllung.
Also, Film ab:
„Ladies and Gentlemen – and now the famous six: the SHARkX!"

Die Leute toben, die Halle bebt. Wir stürmen raus auf die Bühne, Lichtkegel streifen uns. Jeder weiß, wo sein Platz ist. Robbi zupft die ersten Töne auf dem Bass, Mick an den Drums gibt den Rhythmus vor. Moritz stimmt auf dem Keyboard die Melodie an. Chiara greift zum Mikro, sie wartet auf ihren Einsatz. Da kann sie lange warten ... die Show gehört mir! Benji nickt mir zu. Ich bin der Boss an der Gitarre, er der perfekte Zweite.

Alle Blicke sind auf mich gerichtet. Ich schließe die Augen. Der erste Ton meiner Gitarre dröhnt durch die Lautsprecher wie ein Donnerschlag. Die Leute reißen die Arme in die Luft, die Party fängt an.

Aber verdammt noch mal, warum bin ich ...

denn ... soo ...

müde ...

- 3. -

Bella Ich hab ein richtig schlechtes Gewissen. Wenn ich vorher ins Horoskop geguckt hätte, hätte ich Joy daran gehindert, heute bei den SHARkX vorzuspielen. Die Sterne haben davor gewarnt, gewohnte Pfade zu verlassen.

Zu spät!

Aber sie will ja partout nichts von den kosmischen Kräften wissen und warten kann Joy auch nicht und deshalb hat sie heute wild entschlossen die Gitarre mit in die Schule genommen.

„Um drei!", sagte sie knapp.

Ab 15 Uhr proben die SHARkX immer im Musikraum und hängen das Schild an die Tür: BITTE NICHT STÖREN! Doch Joy ließ sich davon nicht abhalten und ich mich zwangsläufig genauso wenig, denn Joy bestand darauf, dass ich mitkam.

Als Joy den Kopf zum Musikraum reinsteckte, stand Chiara auf der Mini-Bühne, beide Hände in den Taschen ihrer Jeans, und guckte so wichtig, als sei sie nicht im Musikraum, sondern bei einem Rockfestival vor mindestens fünftausend jubelnden Leuten. Dann sah sie zur Tür und damit zu Joy und mir rüber und schnauzte los: „Könnt ihr nicht lesen? Da steht: Bitte nicht stören!"

„Das ist eine Bitte und kein Befehl", erwiderte Joy. „Und von Störung kann keine Rede sein."

„Sondern?", fragte Chiara entgeistert.

„Ich will vorspielen."

Und damit packte Joy ihre Gitarre aus. Oh Leute, ihr glaubt ja gar nicht, wie sehr ich sie bewundere, meine unglaubliche Schwester, für ihre sagenhafte Coolness!

Man muss sich eben trauen, Schwesterherz! Außerdem sind die SHARkX nicht die Stones, sondern nur eine Schulband. Die sind gut — zugegeben. Aber mit mir werden sie noch besser. Das müssen sie bloß noch kapieren.

Joy: Trotzdem klopfte mein Herz wie wild, denn bei den SHARkX mitzuspielen, war schon lange mein Traum. Nun stand ich da und alle guckten.
Mick hinter den Drums taxierte mich von oben bis unten. Und er grinste dabei genauso unverschämt, wie er unverschämt gut aussah. Ich steh nicht auf solche Schönlinge, deshalb guckte ich einfach weg.
Benji zupfte an seiner Gitarre rum und streifte mich nur ganz beiläufig mit seinem Blick. Er ist groß und schlaksig und sieht wie ein gerupftes Vögelchen aus. Und er tut immer, als ob er total easy drauf ist. Aber neugierig war er schon, das merkte ich deutlich.
Moritz kam hinterm Keyboard hervor und rülpste. Auch eine Art von Begrüßung! Aber was sollte man von dem schon anderes erwarten. Moritz ist der kleine Bruder von Mick, was man absolut nicht sieht. Der kleine Bruder von Pippi Langstrumpf würde eher passen.
Und dann war da noch Robbi. Der heißt nicht nur so, der sieht auch wie eine Seerobbe aus. Er biss ungerührt in ein Leberwurstbrötchen. Mit seinen Fettfingern stützte er sich auf den Bass und musterte mich unverhohlen.
Ich ging um Chiara rum, stieg auf die Bühne, nahm die Gitarre und spielte ein weltbekanntes Riff.
Chiara stapfte energisch auf mich zu.
„So geht das aber nicht! Wir sind hier, um zu üben. Wir haben einen großen Gig vor uns!"
Ja, das weiß ich! Deshalb bin ich doch hier. Aber ich bin klug. Ich ließ mich auf keine Diskussion ein und spielte

einfach weiter. Das konnte Chiara gar nicht verknusen. Sie ist nicht nur die Sängerin, sondern auch der Boss. Selbst wenn die Jungs das nicht zugeben würden. Ihre Stimme wurde lauter.

„He du, wie heißt du noch?“

Blöde Kuh – das weißt du ganz genau! Doch du bist in der Neunten, genau wie die Jungs, mit Ausnahme von Moritz. Und Leute in der Neunten behandeln die aus der Siebten wie namenlose Eintagsfliegen, schon klar.

Auch auf dieses Spielchen ging ich nicht ein. „Ich bin Joy. Solltest du dir merken, ist nicht so schwer.“ Chiara legte mir die Hand auf die Schulter. Aha, die Tour! Jetzt machte Chiara auf verständnisvoll und gütig. Und sprach zu mir wie eine Mutter zu ihrem schwer erziehbaren Kind.

„Joy, es ist nicht persönlich gemeint. Du hast bloß viel zu wenig Erfahrung, um in einer Band mitzuspielen. Aber du bist noch jung. Was nicht ist, kann ja werden! Im Moment sind wir komplett. Wir haben einen super Gitarristen, wir brauchen keinen zweiten.“

Benji nickte und ließ einen schnellen Gitarrenlauf hören. Benji ist echt gut. Trotzdem gab ich nicht auf.
„Zwei Gitarren sind besser als eine“, sagte ich.
„Zwei hübsche Mädchen in einer Band sind auch besser als eine.“ Mick grinste.
Chiara warf ihm einen vernichtenden Blick zu. Robbi stopfte sich den Rest vom Brötchen in den Mund.

„Lass sie doch mitspielen“, schlug er versöhnlich vor, als ob es um einen Streit in der Sandkiste ginge.
Chiara holte tief Luft, wurde aber von Charly unterbrochen. Charly ist der Mann für die Technik oder das Mädchen für alles, je nach Bedarf. Er stellte ein Mikro vor sie hin.
„Soundcheck“, sagte er nur, „eins – eins – eins –.“ Aus den Lautsprechern klang es wie das Echo in den Bergen. Charly nickte zufrieden. Technisch war jetzt alles in Ordnung und etwas anderes interessierte ihn nicht.
„Okay, Leute, wir können anfangen!“, rief er. Dann nickte er in meine Richtung. „Wenn sie schon mal da ist, kann sie auch mitmachen.“
YES! Kluger Junge! Genau das wollte „die da“ bloß. Am

liebsten hätte ich Charly einen Kuss auf die pickelige Stirn gedrückt. Jetzt musste ich vollen Einsatz zeigen.
Denen allen beweisen, wie gut ich bin.
Dass es ohne mich eigentlich gar nicht geht!
Ich stellte mich zu Benji und sah in sein Lead-Sheet. Er zögerte, aber dann trat er einen Schritt zur Seite. Wir stimmten den ersten Ton an. Jetzt oder nie. Meine große Chance durfte ich nicht verkacken!
Mein Blick war fest auf die Noten gerichtet. Mein ganzes Gefühl war in den Fingerspitzen. Schnell wie der Wind glitten sie über die Saiten.
Noch nie war ich so gut wie heute, noch niemals habe ich so sicher gespielt. Benji warf mir von der Seite einen bewundernden Blick zu. Da schrillte plötzlich ein seltsamer Ton durch den Raum, hoch, ohrenbetäubend, ätzend laut. Was hatte Charly mit dem Regler gemacht? Ich schloss die Augen und spielte weiter. Aber der Ton hörte einfach nicht auf. Und dann ...

Joy, ehrlich – das tat mir sooo leid! Das ist wirklich dumm gelaufen.

... dann kam doch tatsächlich dieser Idiot von Hausmeister rein und zerstörte alles. Die gute Stimmung, mein super Spiel – alles. Mit den blöden Worten: „Feueralarm! Alle raus hier, aber schnell!“

So eine Gemeinheit!

Bella: Das Schlimmste war, dass die Schule nicht mal wirklich gebrannt hat, nein, es war bloß ein Probealarm. Aber anschließend hatte keiner mehr Lust weiterzumachen und alle packten ihre Sachen ein. Am allerschnellsten Chiara. Und bis zum nächsten Mal wird sie sich bestimmt viele Argumente überlegen, weshalb Joy nicht dabei sein darf. Grrr!

Ganz klar: Die ist eifersüchtig. Sie ist das einzige Mädchen in der Band und der absolute Star. Chiara würde nur eine dulden, die pickelig, hässlich und fett ist. Und einen Buckel hat. Die wäre dann keine Konkurrenz für sie. Im Gegenteil: Neben so einer würde Chiara strahlen wie ein Stern am Abendhimmel.

Na, dann … eine kleine Typumwandlung kann doch nicht so schwer sein. Wir machen aus dir Quasimodo und alles läuft wie geschmiert.

Ich denk ja gar nicht dran! Ich schaff's auch so, das kannst du mir glauben!

Davon bin ich überzeugt. Und beim nächsten Anlauf werde ich Joy ein bisschen mehr helfen, ich weiß bloß noch nicht wie. Die Jungs in der Gruppe sind ja ganz nett, die haben nichts gegen Joy. Wahrscheinlich müsste man bei denen anfangen …
Vielleicht bei Mick. Als wir nach dem falschen Feueralarm auf dem Schulhof standen, hat er mich total lieb angelächelt

und gefragt: „Wer bist du denn eigentlich? Das doppelte Lottchen?“

Ich bin natürlich rot geworden und hab was Blödes gemurmelt wie „Nee, das doppelte Joychen“ oder irgend so was Doofes, aber da kann er ja nichts dafür.

Je länger ich darüber nachdenke, desto mehr spüre ich, dass Mick vielleicht der Schlüssel zur Lösung von Joys Problem sein könnte.

Aber wieso werde ich rot, wenn ich nur dran denke, und warum klopft mein Herz so schnell?

-4.-

Vor Ihnen liegt ein abwechslungsreicher Tag. Positive und negative Ereignisse halten sich die Waage. Wie es ausgeht, entscheiden ganz allein Sie.

Bella: Es ist wirklich klug, auf die Sterne zu hören, und das werde ich Joy mit einem kleinen Experiment beweisen. Heute werde ich genau aufpassen, was alles passiert, und am Abend ziehe ich Bilanz.

Der Tag begann so lala: In der Schule war es einfach nur langweilig, aber von meinem Erfolg hat keiner mehr geredet. Also: plus minus null.

Dann ging es positiv weiter: Matti kam fröhlich aus der Kita (kommt selten vor). Sie hatte für jeden einen Döner mitgebracht **(positiv!)** und erzählte uns den Grund ihrer guten Laune: Die Hälfte der Kita-Kinder hat Läuse und musste heute zu Hause bleiben. Nicht dass Matti so was wirklich freut; nein, sie ist eine sehr fürsorgliche Erzieherin und niemals schadenfroh.

Aber die Hälfte der Kinder bedeutet nun mal nur die Hälfte an Arbeit und das ist manchmal nicht schlecht.

„Eine Läusekur sollte mindestens zwei Wochen dauern", schmatzte Matti mit vollem Mund, „inklusive Quarantäne."

Und dann – die Sterne lügen eben nicht! – kam das Negative:

„So, jetzt geht die Renovierung weiter", verkündete sie nämlich.

Joy und ich sahen uns an und dachten beide dasselbe: null Bock. Matti hat vor Kurzem das Alles-Neu-Fieber gepackt – ein grausamer Virus – und seitdem ist sie dabei, unsere Wohnung zu verschönern. Zuerst war das Wohnzimmer dran: neue Farbe, neue Vorhänge, alles einmal umgeräumt und hinterher wieder zurück. Joy und ich waren echt genervt von der ganzen Aktion, aber wir dachten, wir hätten es überstanden. Von wegen! Nun sollte es also weitergehen und unser entschiedenes **NEIN!** ließ Matti nicht gelten.

„Oh doch!", bestimmte sie. „Und ich erwarte etwas mehr Begeisterung, denn jetzt sind eure Zimmer dran."

Gut, zugegeben, das war positiv, schließlich ging es um uns.

„Wir streichen erst Joys Zimmer und dann das von Bella", erklärte Matti. Prompt ging es los: Joy legte den Protestgang ein. Das tut sie manchmal aus heiterem Himmel und kein Mensch weiß wieso.

„Du meinst wohl: Wir streichen unser altes Kinderzimmer und Dads Arbeitsraum", sagte Joy und sah Matti lauernd an.

Die blieb erst ganz gelassen.

„Zeiten ändern sich, mein Engel. Aber wenn du kein eigenes Zimmer willst, benutze ich es als Yogaraum."
„Seit wann machst du denn Yoga?"
„Noch gar nicht. Aber ich könnte damit anfangen."
Sie redete sehr langsam, sehr betont und mit einem eingefrorenen Lächeln. Joy und ich wissen genau: Wenn sie etwas auf diese Weise sagt, haben wir keine Chance.
„Ay ay Käpt'n", murmelte Joy und fügte gnädig hinzu: „Ich nehm das Zimmer. Unter einer Bedingung: Ich will schwarze Wände."
Matti schüttelte den Kopf. „Nein."
„Warum nicht?"
„Darum nicht!"
Von allen Argumenten, die Eltern jemals benutzen, um Kindern was zu verbieten, ist dieses sicherlich das doofste.
Das fand Joy auch.
„Du hast gesagt, wir können uns die Farbe selber aussuchen", protestierte sie.
„Richtig, aber ich habe ‚Farbe' gesagt", konterte Matti. „Schwarz ist keine Farbe. In einem schwarzen Zimmer bekommt man Depressionen. Außerdem macht Schwarz den Raum kleiner. Und drittens – was sollen die Leute denken?"
„Welche Leute?", fragte Joy.
„Naja, ääh, die Nachbarn, die uns in die Fenster gucken. Oder eure Freunde. Die Verwandten. Oma, zum Beispiel ..."
Es ging noch eine Weile hin und her, aber schließlich einigten sich Matti und Joy auf einen Kompromiss: drei Wände weiß, eine Wand schwarz.

„Aber kein Autolack!“, forderte Matti und an Joys leuchtenden Augen konnte man sehen, dass sie durch diese Bemerkung erst auf tolle neue Ideen kam.
„Ganz normale Wandfarbe! Wenn es so was überhaupt gibt in Schwarz.“
In Mattis Worten schwang die Hoffnung mit, dass es so was bitte, bitte nicht geben möge. Aber nicht alle Hoffnungen gehen in Erfüllung. Mattis wurden im Baumarkt zunichte gemacht, als wir zartes Himmelblau für mein Zimmer kauften, jede Menge weiße Pötte und einen Eimer Nachtschwarz.

Joy: Das Streichen war gar nicht so schlimm. Hat irgendwie sogar Spaß gemacht. Aber dann kam der Hammer: Dad hat angerufen. Ich war dran.
„Hallo, Engelchen! Schlaft ihr schon?“
So ein Quatsch. Mit fast dreizehn Jahren liegt man nicht abends um halb neun im Bett.
„Ich wollte nur mal hören, wie's geht“, fing Dad vorsichtig an.
„Gut.“
„Und – gibt's was Neues?“
„Bei dir vielleicht?“
„Ja, gute Neuigkeiten. Ich hab den Job bekommen.“
Ich musste schlucken. „Na prima. Gratuliere! Dann freust du dich sicher.“
„Na klar, und wie! Das ist ein Traumjob, das wisst ihr ja.“

Ja, wissen wir. Wir wissen, dass Dad diesen Job haben wollte. Und dass er ihn bestimmt toll machen wird. Die nächsten Jahre. In Berlin, 250 Kilometer entfernt von uns.

„Wir haben heute dein Arbeitszimmer gestrichen", sagte ich. „Drei Wände weiß, eine Wand schwarz. Das wollte ich so. Und dein alter Bücherschrank kommt zum Sperrmüll."

Jetzt schluckte Dad, ich konnte es genau hören. Sogar über 250 Kilometer Entfernung hinweg.

„Seid ihr wahnsinnig? Der ist ein Vermögen wert! Gib mir bitte SOFORT Matti!"

Ich reichte stumm das Telefon weiter. Dann hab ich die Tür zu meinem Zimmer zugeknallt und festgestellt, dass Bücherschränke aus dunkelbrauner Eiche vor schwarzen Wänden echt scheiße aussehen. Die gehören wirklich auf den Sperrmüll.

Bella: Jetzt hat Matti wieder schlechte Laune, ich weiß gar nicht, warum. Muss ich wohl in meiner Liste unter „negativ" verbuchen. Ich hab eben mal zusammengerechnet: Die Sterne hatten Recht. Gutes und Schlechtes hielt sich ungefähr die Waage. Das einzige, was nicht stimmt, ist, dass ich mir das Ergebnis aussuchen konnte. Aber das ist ja nur ein winziger Randaspekt im großen Universum, in dem wir alle wie kleine Glühwürmchen herumschwirren.

Mach endlich das Licht aus und schlaf!

„Und du hör endlich auf, von unten gegen die Matratze zu treten!“
Joy wollte partout nicht in ihrem eigenen Zimmer schlafen. „Stinkt nach Farbe!“, hat sie gesagt. Ach nee – der große Pirat mit der empfindlichen Nase! Vielleicht hat sie aber auch nur Angst, dass die schwarze Wand Vampire anlockt, die sich in der Dunkelheit über ihren elfenbeinfarbenen Hals hermachen und sie ins Reich der Untoten entführen.

Penn du mal auf dem alten Gästesofa, das ist sauunbequem.

Morgen fahren wir zu Ikea und kaufen alles, was in unseren Zimmern noch fehlt. Vor allem neue Betten.
„Dürfen wir uns die selber aussuchen?", wollte Joy wissen.
„Na klar." Nach kurzer Überlegung hat Matti dann aber doch ein paar Einschränkungen gemacht. „Keine Särge, keine Hängematten, keine Wasserbetten. Einfach ganz normale Betten."

Ay ay, Käpt'n, wir haben verstanden.
Du, Bella?

Mmh?

Morgen startet das Anti-Lampenfieber-Training.
Versprochen ist versprochen.

Ach herrjeh.

-5.-

Joy: Gerade als wir loswollten, klingelte das Telefon. Matti ging ran.

Ich kann jedes Mal schon an ihrem Gesicht erkennen, wer dran ist. Wenn es Brigitte ist, guckt Matti freudig überrascht, kiekst „Hi!“ und ist zum Klönen aufgelegt.

Bei Dad kommt zuerst ein kurzes „Ach, hallo“. Abwartend, lauernd. Dann ist sie entweder übertrieben fröhlich nach dem Motto „Ich bin ja soo gut drauf!“ oder sauer, je nachdem.

Aber diesmal war es Oma. Und Mattis Gesicht erzählte eine Kurzgeschichte: Achwieschöndassduanrufstnurimmomentpasstesnichtsogutkönnenwirvielleichtspäter ...

„Ach so, später geht es nicht?“, fragte Matti. „Warum denn nicht? Du hast doch den ganzen Tag Zeit. Ach so, verstehe. Ah ja. Ja, natürlich – Nein, passt schon. Und wann genau? Ja schön, ich freu mich! Also, bis dann!“

Wenn ich als Rockstar scheitern sollte, werde ich Detektivin. Eine sehr gute Detektivin. Ich kann nämlich aus wenigen Wortfetzen ein ganzes Gespräch rekonstruieren.

„Lass mich raten. Oma kommt", tippte ich.
Matti nickte. „Sie will uns beim Renovieren helfen. Ist doch nett, oder?"

Ach wie schön! Hoffentlich bringt sie Marmelade mit.

Bella ist immer so leicht glücklich zu machen. Ich mag Omas selbst gemachte Marmelade auch, genau wie ganz viele andere Dinge. Zum Beispiel ihre Geschenke. Sachen, die Matti uns niemals kaufen würde. Zum letzten Geburtstag haben Bella und ich ein Lidschattenset in Schockfarben gekriegt. Oma hatte beim Kauf ihre Brille nicht auf. Echt witzig! Aber anderes mag ich nicht so gern. Manchmal nörgelt Oma über alles und jeden. Als ob es die ganze Welt böse mit ihr meint! Dann weiß sie alles besser. Und sie vergisst ständig irgendwas.
Und überhaupt ...
„Wo soll sie denn schlafen?"
Matti sah mich nachdenklich an.

„Gute Frage. Im Arbeits... ääh, im Gäste... ääh, naja, in deinem Zimmer. Ist ja nur für ein paar Tage."
Hab ich's doch geahnt! Wie schön, dass man vorher gefragt wird bei so was.

Bella: Jetzt war Joy wieder stinkig. Gut, es ist natürlich nicht toll, wenn man gerade ein eigenes Zimmer bezogen hat und es dann gleich wieder räumen soll. Wir hätten ja auch losen können, wo Oma wohnen soll, aber es wäre irgendwie Quatsch gewesen, wenn Oma im Etagenbett schläft und Joy und ich uns auf dem Gästesofa drängeln.

Trotzdem lief Joy jetzt mit verbissenem Gesicht durch die Möbelausstellung und guckte nicht nach links und nicht nach rechts und alle Versöhnungsversuche von Matti prallten gnadenlos an ihr ab. Na, immerhin war so das A-L-Training vom Tisch, hatte ich gedacht.

Irrtum, meine Liebe, ganz großer Irrtum! Das habe ich nicht vergessen. Und in der Bettenabteilung ging's dann los.

Joy: Ich war zwar sauer auf Matti. Aber was tut man nicht alles für seine Schwester! Am Ende wird sie mir dankbar sein. Denn nach meinem Training ist Bella eine starke Persönlichkeit mit einem Selbstbewusstsein aus Stahl. Also los.

„Wie findest du das hier?“ Ich zeigte auf ein Bett mit einem verschnörkelten Kopfteil. Es hieß Lullebi und schien gut zu Bella zu passen. Aber die schüttelte nur den Kopf.

„Zu verspielt.“

„Und das da?“ Modell Knast, mit schmiedeeisernen Gitterstäben oben und unten am Fußteil.

„Nee, da kriegt man ja Albträume.“

„Nur damit wir uns richtig verstehen: Ihr dürft euch jede eins aussuchen. Und es muss auch nicht das gleiche sein“, mischte Matti sich ein.

Na klar, schon verstanden. Matti hat immer viel Wert darauf gelegt, uns nicht als zwei Hälften eines Ganzen zu betrachten; das haben wir meistens selber getan. Im Moment ging es mir allerdings nur darum, was Bella gerne hätte. Und das aus einem bestimmten Grund.

„Das da finde ich schön.“ Bella zeigte auf ein Bett mit einem Baldachin aus weißem Tüll: Prinzes. Oh Gott, was für eine Abscheulichkeit! Auch Matti verzog entsetzt das Gesicht.

„Ja, das ist toll!“, heuchelte ich. „Probier's mal aus!“

Bella sah mich verständnislos an. „Ausprobieren?“

„Leg dich drauf!“, ermunterte ich sie. „Du musst doch wissen, ob du gut liegst. Das ist das Wichtigste an einem Bett.“

Ich schob Bella in Richtung Himmelbett. Sie setzte sich auf die Matratze. Ganz sanft und behutsam, wie es ihre

Art ist. Energisch drückte ich sie in die Horizontale und bugsierte ihre Beine hoch. Dann griff ich einen Stapel Kissen und stopfte sie Bella in den Rücken. Widerstand zwecklos!

Zuerst dachte ich ja noch, wir spielen wieder Pirat und Prinzessin ...

„Du bist die Prinzessin auf der Erbse", rief ich, „und du hast jetzt einen sensationellen Auftritt!"
Bella sah mich erschrocken an.
„Ich hab WAS?", flüsterte sie und ruderte wild mit Armen und Beinen, um sich aus meinem Griff zu befreien. Aber ich war stärker. Matti sah demonstrativ weg, nach dem Motto: Das regeln die beiden schon allein.
Inzwischen standen ein paar Leute um uns rum. Das war goldrichtig, schließlich brauchten wir Publikum, sonst war das ganze Training nichts wert.
„Du bist jetzt eine zickige Prinzessin und kommandierst die anderen ordentlich rum", ordnete ich an.
„Nein!"
„Doch. A-L-Training, Teil 1: DU bist die Hauptperson, alle anderen müssen kuschen."
Ich zeigte auf eine üppige Dame, die neugierig zu uns rüberstarrte, und flüsterte Bella zu: *„Sag: Komm, Dickerchen, leg dich dazu! Wir wollen doch mal sehen, was das*

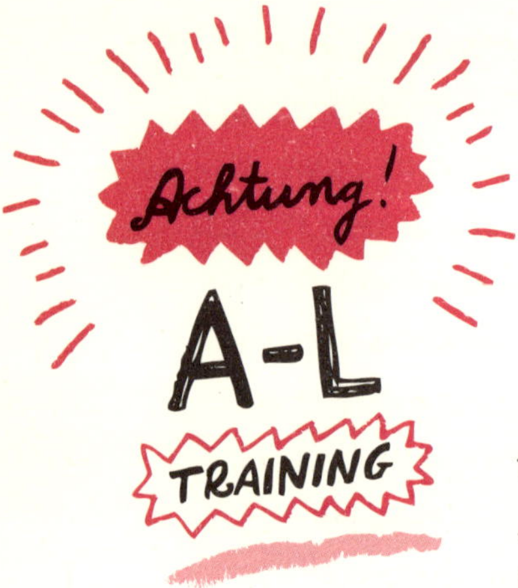

Bett so aushält! Los, sag's! Ganz laut, dass alle es hören!“

Bella presste die Lippen zusammen, wie früher, wenn sie Hustensaft schlucken sollte.

„Okay, dann sag wenigstens: *Ey, Alte, hol uns mal 'ne Cola!*“, flüsterte ich wie ein Souffleur.

„Hab keinen Durst!“, presste Bella hervor.

„Das ist doch scheißegal. Hier geht es ums Prinzip!“

Oh Mann, manchmal kapiert Bella wirklich gar nichts! Außerdem ist sie so korrekt, dass es fast schon wehtut. Sie muss laut sein, frech sein, Action machen, sonst wird das nie was mit dem Auftritt beim Schulfest!

Die Leute spürten, dass hier was Komisches lief, so was merken die Menschen immer. Jetzt musste endlich was passieren! Mit einem Satz sprang ich aufs Bett und zog Bella hoch. Ich fasste sie an den Händen und fing an zu hüpfen, so wie wir das früher auf dem alten Hochbett gemacht haben. Zum Schluss sind wir immer mit einem finalen Sprung auf den Boden gekracht und haben Matti und Dad zu Tode erschreckt.

So ähnlich machten wir es jetzt auch. Ich hüpfte immer wilder und höher und Bella zwangsläufig ebenfalls. Das brachte echt Spaß! Mir jedenfalls.

Aber dann passierte es: Wir verhedderten uns im Tüll. Der Stoff fiel wie ein Schleier auf unsere Köpfe, hüllte uns ein und wickelte sich um unsere Beine. Bella und ich polterten vom Bett und rissen den kitschigen Kristalllüster mit, der über dem Bett hing. Mit lautem Klirren ging er zu Bruch, während Bella und ich wie betrunkene Piratenbräute hin und her torkelten. Bei dem verzweifelten Versuch, sich festzuhalten, schmiss Bella eine Vitrine um. Die war nicht nur mit lauter Glasnippes gefüllt, sondern erwischte auch noch den Nachttisch. Die Wasserkaraffe, die dort stand, wurde mit Wucht in den Breitbildfernseher geschleudert, der das romantische Schlafzimmer-Ensemble abrundete. Und ich bekam einen Kicheranfall. Ja, ich glaube, so war's.

Die Chronologie der Katastrophe ist mir völlig egal!

Bella: Ich weiß nur, dass wir am Boden lagen, Joy und ich, und um uns herum war alles kaputt. Eine Menge Leute umringte uns, einige lachten, andere gafften bloß, aber alle waren erschrocken. Am allermeisten Matti. Die guckte erst mal, ob alles okay war mit uns, und stritt sich dann laut mit einer Angestellten, ob das Ganze a) fahrlässig, b) geschäftsschädigend oder c) einfach nur ungezogen von uns war.
„Ist doch scheißegal!", rief Matti empört, „Hauptsache, den Kindern ist nichts passiert!"
Wenn Matti das Wort „Scheiße" benutzt, dann ist Alarmstufe rot. Dann fallen nicht nur alle Hemmungen bei ihr, dann gehen auch alle guten pädagogischen Vorsätze flöten. Das kann böse enden! Und weil Joy das genauso gut weiß wie ich, packte sie Matti energisch am Arm. Hals über Kopf verließen wir den Laden. Und was soll ich sagen? Ich war darüber heilfroh!

Joy: Bella war das Ganze unendlich peinlich. Ich glaube, wenn sie einen Wunsch frei gehabt hätte, hätte sie sich unsichtbar gemacht. Plopp!, einfach in Luft aufgelöst. Irgendwie tat sie mir leid. Aber irgendwie auch nicht. Nur ein hartes Training ist ein gutes Training. Und dies hier war erst der Anfang.

Bella: Wenn eine gute Fee aufgetaucht wäre und mir einen Wunsch erfüllt hätte – ich wäre auf der Stelle unsichtbar geworden und hätte den ganzen Mist hinter mir gelassen.

Joy ist komplett gaga!

Ja, ich weiß, ich habe dem Training zugestimmt und ich weiß auch, was das bedeutet: Dass ich möglichst viele Sachen vor Publikum machen muss, um meine Angst zu überwinden. Aber doch nicht **SO WAS!**

Ach was, sei nicht so empfindlich. Blöd ist nur, dass wir jetzt immer noch keine neuen Betten haben. Naja, später.

-6.-

Joy: „Ring RRRINGGG!!“ Heute stand Oma vor der Tür. Andere Leute läuten einfach. Bei Oma klingt das gleich nach: „Ich will rein und zwar jetzt sofort aber dalli dalli, zack zack!“ Bei ihr muss alles schnell gehen, keiner weiß, warum. Denn eigentlich hat Oma mehr Zeit als sonst was.

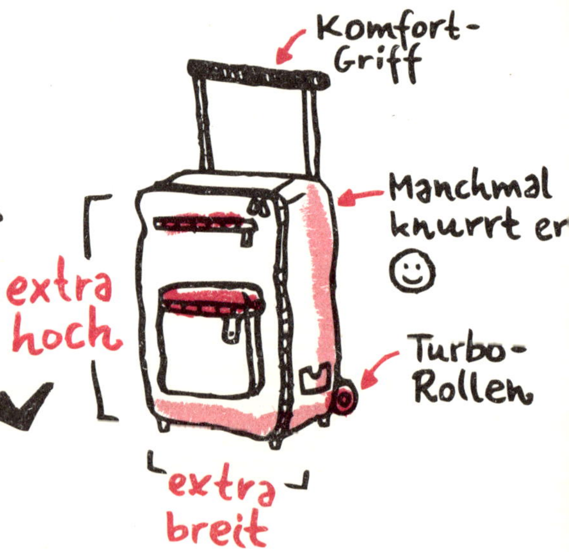

Nun stand sie also in der Tür, neben sich einen großen Trolley.
Matti warf einen kurzen Blick darauf und zog Oma in den Flur. „Schön, dass du da bist, Trude“, sagte sie.
Falsche Schlange! Matti kann Begeisterung heucheln, obwohl sie sich gar nicht freut. Oder tat sie das vielleicht doch? Ich weiß nicht. Oma ist nämlich gar nicht Mattis Mutter, sondern die von Dad. Und deshalb gehört sie streng genommen zu ihm wie sein Bücherschrank und andere Sachen.
„Keine Sorge, meine Schäfchen“, hat Oma damals zu uns gesagt, „ich bin eure Oma und das bleibe ich, was auch geschieht.“
Sie schien Wort zu halten, denn jetzt war sie da. Zur Begrüßung drückte Oma Bella und mir einen Kuss auf die Stirn. Dann sah sie sich neugierig um. „Ach, weiter seid ihr noch nicht?“
Matti lächelte geduldig.
„Jetzt, wo du da bist, kommen wir sicher zügig voran.“
Sie rollte Omas Koffer in mein Zimmer. „Wie lange kannst du denn bleiben?“
„Solange ihr mich braucht!“, strahlte Oma. Die Größe des Koffers deutete auf eine ziemlich große Zeitspanne hin.
Als sie die schwarze Wand sah, erlosch Omas Strahlen auf der Stelle.
„Mein Gott, was ist denn hier passiert?“, rief sie und schlug die Hände vors Gesicht.
Matti startete einen Erklärungsversuch. „Nun ja. Ich finde

es wichtig, dass die Kinder ihre individuellen Vorlieben ausleben können“, sagte sie.
„Willst du damit sagen, dass Joy es liebt, in einer Gruft zu wohnen?“
Oma schüttelte entsetzt den Kopf. Sie sah mich an, als ob ich krank sei oder in die Klapse gehöre.
„Ich mag Kontraste“, erklärte ich. „Hell – dunkel, warm – kalt. Schwarz – weiß, oben – unten und so weiter ...“.
Auf Bella ist zum Glück immer Verlass. Sie sprang mir zur Seite: „Joy beschäftigt sich gerade mit chinesischer Philosophie und mit den Zeichen der entgegengesetzten Kräfte im Yin und Yang. Und was Joy macht, das macht sie richtig.“
Danke! Sichtlich beeindruckt von ihren klugen Enkelinnen ließ Oma von mir ab und verzichtete sogar darauf, Matti einen Vortrag über Erziehung zu halten. Stattdessen klappte sie den Koffer auf und räumte ihre Sachen in Dads Bücherschrank. Unterhosen, Badelatschen, Pillenschachteln, alles fand ordentlich seinen Platz.
„Schön, dass ihr das gute Stück in Ehren haltet“, sagte Oma und betrachtete den Schrank zufrieden. Es war völlig klar, dass wir den Ausflug zum Sperrmüll um einige Tage verschieben mussten.
„Den Haushalt übernehme ich“, erklärte Oma dann. Und zu Matti gewandt: „Du kannst dich ganz auf deinen Job konzentrieren und dich um die Renovierung kümmern. Damit nicht noch mehr schiefgeht.“
Damit war für sie das Thema „schwarze Wand“ beendet.

Ich hab meine Klamotten genommen und bin rüber zu Bella gezogen. Ist schon okay für ein paar Tage. Ich hoffe nur von ganzem Herzen, dass Oma keine *Linsensuppe* kocht. Ich hasse Linsensuppe.

Bella: Ich muss noch mal mit Joy über das A-L-Training reden und überhaupt. Sie ist ein bisschen verbohrt und lässt sich nicht davon abbringen, denn sie findet es wichtig, dass ich genauso selbstbewusst werde wie sie und nicht vor allem und jedem Angst habe. Dabei hab ich das ja gar nicht …

Joy: Es geht um dein Leben, Bella! Stell dir bloß vor: Ein wunderbarer Tag in ferner Zukunft, es ist dein Hochzeitstag. Alle sind in der Kirche versammelt, der Bräutigam, der Pastor, der Kirchenchor und mindestens 500 Gaffer. Und du? Du kriegst vor Aufregung keine Luft mehr. Deine puterrote Birne steht in argem Kontrast zum jungfräulichen Weiß. Du verwechselst vor lauter Stress „JA“ und „NEIN!“ und rennst schließlich panisch davon. DAS ist peinlich.

Warum muss ich denn heiraten?

Musst du gar nicht. Aber wenn du es willst, solltest du dazu auch in der Lage sein. Vielleicht triffst du ja eines Tages deinen Märchenprinzen mit einem Sack voller Gold oder alternativ einem Ferrari und dann bereust du es bitter, dass du damals beim A-L-Training gekniffen hast. Aber dann ist es zu spät. JETZT ist die Gelegenheit. Nutze sie!

Können wir nicht zumindest die nächsten Schritte vorher besprechen, damit nicht wieder was Peinliches passiert?

Na gut, ich will ja nicht so sein. Lass uns gemeinsam überlegen. Also: Du brauchst einen Auftritt, bei dem du absolut im Mittelpunkt stehst. Wir fangen harmlos an.
Morgen in der Mathestunde meldest du dich. Ganz normal, wie man's halt so macht. Der Moser nimmt dich dran, du stehst auf. Du hältst dir die Hand vor die Stirn und flüsterst: „Mein Gott – mir ist schwarz vor den Augen, ich glaube, ich sterbe!“ Und dann kippst du um. Bums. Du liegst in der Klasse und alle kümmern sich um dich.

Nur um dich, stell dir das vor! Nasse Tücher werden geholt. Du bekommst eine Mund-zu-Mund-Beatmung. Drama, Baby, Drama! Irgendwann öffnest du wieder die Augen, ganz langsam, wie im Film. Alle helfen dir auf. Sie bringen dir Wasser, sie fächeln dir Luft zu.

Sie sind rührend um dich besorgt! (Übrigens – positiver Nebenaspekt: Mathe fällt aus). Na, wie findest du das Ganze?

Bescheuert. Absolut daneben. Der Moser ist immer hochgradig genervt, wenn jemand seinen Unterricht stört, und würde vermutlich einfach nur rufen: „Jeder an seinen Platz, hopp hopp!" Und dann würde er mich liegen lassen, bis mich die Putzfrauen entsorgen. Oder er würde 112 anrufen und mich mit Blaulicht abholen lassen. Die anderen würden gaffen und wenn es eine Mund-zu-Mund-Beatmung gäbe, würde bestimmt Jonas die machen und der stinkt immer nach Knoblauch. Nein, danke! Sorry, Joy, der Plan ist nicht gut.

Okay, überlegen wir weiter.
Plan B: Du gehst morgen im Schlafanzug zur Schule. In dem roten mit den Pinguinen drauf. Ganz lässig. Dazu

trägst du Mattis High Heels, sonst nichts. Wow! Was für ein Auftritt.
Alle starren dich an, aber dich interessiert das null. Du wirfst deine Löwenmähne in den Nacken und gehst lässig an den anderen vorbei, als ob es das Normalste von der Welt wäre.

Nie im Leben! Joy, du spinnst. Wenn dir nichts Besseres einfällt, kannst du dein blödes A-L-Training alleine machen. Das wäre sowieso das Beste. Schnapp dir lieber die Gitarre und üb, damit die SHARKX bei deinem nächsten Auftritt vor Begeisterung aus den Schuhen kippen.

Okay, okay, wir überlegen morgen weiter. Das eine Riff hakt tatsächlich, da muss ich noch mal ran. Hör mal ...
Mist, wieder falsch. Und jetzt? Warte –
Herrgottnochmal! Wie soll man ein guter Gitarrist werden, wenn nebenan jemand nach drei Tönen genervt an die Wand klopft? Das kann ja lustig werden mit Oma!

-7.-

Joy: Oma räumt auf. Das klingt harmlos, ist es aber nicht. Ich meine, grundsätzlich ist Aufräumen nichts Schlechtes. Und wenn ich ehrlich bin, können wir das gut gebrauchen.
Aber WIE Oma es macht, das nervt.
„Von der äußeren Ordnung kommt man zur inneren Ordnung“, hat sie uns erklärt. Und dann ging’s los.
Zuerst war die Küche dran.
„Ohgottohgott!“, hat Oma gemurmelt, als sie einen Blick in den Kühlschrank warf. Zugegeben, da drinnen herrscht ein gewisses Chaos. Wir haben die blöde Angewohnheit, dass wir nichts wegschmeißen. Ist ja alles bezahlt, sagt Matti immer. Also stellen wir die neuen Joghurts einfach vor die alten und so haben wir irgendwann ganz viele Joghurts. Manche sind dann natürlich nicht mehr ganz frisch. Oma kramte die abgelaufenen mit spitzen Fingern

aus der hintersten Ecke und warf sie angeekelt in den Müll. Das wiederholte sie auch noch mit anderen Sachen. Bald war der Müll voll, der Kühlschrank leer. Dann hat sie ihn gewienert und geputzt und sagte zufrieden: „So."
Als Nächstes kam der Herd dran, gefolgt von den Regalen, dem Toaster und dem Küchenschrank. Irgendwann war alles blitzeblank und ungewohnt leer.

Als Matti nach Hause kam, hat sie misstrauisch geguckt.
„Trude, was machst du da?", fragte sie.
„Ich hab mal Grund rein gebracht", trällerte Oma. „Ich hab alles vernichtet, was nicht mehr gut war. Oder was man sowieso nicht braucht."
Sie deutete auf etliche Döschen, die keine Gnade vor ihrer Aufräumwut gefunden hatten. Koriander, stand da drauf, und Kurkuma, zum Beispiel. Chilipulver, extra scharf. All die leckeren Sachen, die Matti benutzt, wenn sie indisch kocht.
Oder türkisch. Oder laotisch, das ist eine Mischung aus lustig und chaotisch, die gibt es bei uns ziemlich oft. Da schüttet Matti immer alles Mögliche rein, vor allem jede Menge Gewürze.

„Schnickschnack! Das Zeug macht nur die Geschmacksnerven kaputt“, behauptete Oma. „Alles, was man braucht, sind Petersilie, Schnittlauch und Dill.“

Matti fischte stumm die Gewürze wieder aus dem Müll raus und stellte sie ins Regal zurück.

„Trude, es ist so“, begann sie vorsichtig, „jeder hat seine eigene Art zu leben. Und seine Art zu kochen auch.“

Oma nickte verständnisvoll.

„Und wir, also ich meine wir Jüngeren, kochen gerne mal – naja, abwechslungsreich. International, sagt man.“

Oma nickte immer noch.

„Und dafür braucht man ein paar Sachen, die ihr ... äh, älteren Herrschaften vielleicht nicht so gut kennt.“

Oma hörte auf zu nicken.

„Trude, versteh das bitte nicht falsch ...“

Jetzt guckte Oma beleidigt.

„Ich verstehe das sehr richtig. Denn ich höre noch sehr gut und im Kopf bin ich auch hellwach. Du willst mir also sagen, dass ich zum alten Eisen gehöre. Dass ich mich nicht mehr auskenne. Vielleicht denkst du sogar, dass ich demnächst ins Altenheim sollte? Danke schön! Sehr nett.“

Oje! Das war ein Musterbeispiel zum Thema: Wie bemühe ich mich, etwas falsch zu verstehen.

Matti holte tief Luft. Wahrscheinlich zählte sie innerlich bis zehn. Das hat sie uns jedenfalls immer geraten, wenn wir Trotzanfälle hatten, bevor wir völlig ausgerastet sind.
„Nein, ich will damit nur sagen, dass du bitte, bitte ...“
„Nun?“
„... also, dass du bitte Schluss machst in der Küche, Trude. Die ist jetzt nämlich super perfekt! Danke, vielen Dank. Schön aufgeräumt, alles schön übersichtlich. Jetzt können wir anfangen zu streichen.“
Also echt, wie Matti die Kurve gekriegt hat, genial!
Das hätte ich niemals geschafft. Und Bella auch nicht, obwohl die immer zu allen nett ist.

Bella: Natürlich hätte ich das geschafft! Oma stand da wie ein begossener Pudel und verstand die Welt nicht mehr und tat mir leid. Aber dann hat sie fröhlich das Badezimmer geputzt und da konnte sie nicht viel Schaden anrichten, denn wenn sie die alten Zahnbürsten wegwirft, ist das nicht so schlimm; die sind sowieso längst überfällig. Als sie im Bad fertig war, steuerte sie mit entschlossenem Gesicht auf mein Zimmer zu und da hat Joy ganz schnell die Tür zugemacht und von innen abgeschlossen. Das fand ich gemein.

Ach, jetzt hab ich wieder die Schuld! Oma kommt hier reingeschneit und bestimmt einfach so, wo's langgeht.

Joy: Das ist immer noch *unser* Zimmer! Jeder hat ein Recht auf Privatsphäre, auch wenn die noch so unordentlich ist. Oma denkt, dass wir verschlampen, seit Dad weg ist. Dabei war er der allergrößte Chaot!

Sie hat sich dann trotzig durchs Wohnzimmer gewühlt und alle Bücher im Regal nach Farben sortiert. Matti hat nichts dazu gesagt. Stress gab es erst, als Oma bei Matti im Schlafzimmer angelangt war.

„Hing hier nicht immer euer Hochzeitsbild?“

Misstrauisch betrachtete Oma den Nagel, an dem jetzt ein kitschiger Bilderrahmen hängt. Ein Geburtstagsgeschenk, natürlich von Brigitte. Er schmückt ein Foto von Matti in enger Umarmung mit Brad Pitt.

„Wie geschmacklos!“, empörte sich Oma.

Matti musste lachen. „Och, wieso denn? Das ist doch ein hübscher Junge.“

„Kaum ist Thomas aus dem Haus, geht es hier drunter und drüber.“ Oma nahm energisch das Bild ab und stellte es mit der Vorderseite an die Wand. „Dabei seid ihr noch nicht mal geschieden! Unglaublich.“

Matti hat Oma *nicht* erklärt, dass das Bild aus dem Wachsfigurenkabinett stammt. Und dass der ganze stattliche Kerl samt Muskelshirt und Strahlegrinsen bloß eine Attrappe ist. Stattdessen verabschiedete sie sich für den Rest des Abends.

„Ich geh mit Brigitte aus“, sagte sie, „ihr beiden seid ja in guten Händen.“

Sie zwinkerte Bella und mir zu und weg war sie. Dann

saßen wir mit Oma allein da. Und was soll ich sagen? Mit Linsensuppe.

Würg! Ich hasse Speck. Und Linsensuppe sowieso. Die steht auf der Hass-Skala auf Platz 1. Dicht gefolgt von Mückenstichen, glibberigen Eiern, platten Fahrradreifen und Jungs, die in der Nase bohren.

Aber im Gegensatz zu denen ist Linsensuppe gesund.

Behauptet Oma. Aber das ist mir egal. Ich mag sie nun mal nicht! Und das Gepupse hinterher kann ich auch nicht leiden.

Oma füllte eine satte Kelle voll auf meinen Teller.

„Es wird gegessen, was auf den Tisch kommt. Und Linsensuppe war immer Thomas' Lieblingsessen."

Lüge! Zumindest hat er nie selber welche gekocht.

„Probier's mir zuliebe", sagte Oma und zeigte mir, wie.

Löffel in die Suppe, Löffel in den Mund. Und wieder von vorn. „Mmhh, ist doch gut, oder?"

Eine Weile löffelten wir schweigend. Dann fragte Oma: „Was macht denn die Schule?"

Ich hatte mir gerade überlegt, je voller ich die Löffel mache, umso schneller ist der Teller leer. Trotzdem antwortete ich, denn ich bin ja höflich: „Schgibtnschulfescht-demnächstsch."

Oma sah mich streng an. „Mit vollem Mund spricht man nicht. Und nimm bitte die Ellbogen vom Tisch."

Also wirklich – sie wollte es doch wissen!

Hier ist eine Liste mit all den Sätzen, auf die man gut verzichten kann. Es werden täglich mehr.

Wenn das jeder machen würde.
Wie sagt man?
Von mir hast du das nicht!
Du wirst schon sehen, was du davon hast.
Ich hab es dir ja gleich gesagt.
Dir muss man aber auch alles dreimal erklären.
Ich mein es ja nur gut mit dir.
Nimm die Ellbogen vom Tisch!
Mit vollem Mund spricht man nicht!

Fortsetzung folgt.

- 8. -

Bella: Was Joy nicht weiß: Heute habe ich in der Schule ein kleines privates Psycho-Training gemacht. Unfreiwillig zwar, aber erfolgreich. Ich wollte in der Cafeteria was Süßes kaufen und stand da so in der Schlange und überlegte gerade, ob Salzbrezeln nicht doch besser sind, da sprach **ER** mich an. Von hinten oder besser: von der Seite.

„Hallo, doppeltes Joychen", hat er gesagt und dabei ganz, ganz nett gelächelt. Von wegen, die aus der Neunten kennen die aus der Siebten nicht!

Ich spürte wieder mal, wie alles Blut in meinen Kopf schoss. Es muss ein physikalisches Gesetz sein, dass es dann unten in den Beinen fehlt, jedenfalls fühlten sich meine Knie plötzlich wie Wackelpudding an.

„Hi, Mick", hab ich geantwortet und das war sicher nicht originell, aber wer ist morgens um Viertel nach zehn auch schon witzig?

„Bringst du mir ein Sandwich mit?", hat er gefragt. „Sonst muss ich mich hinten anstellen. Mit Hühnchen und Käse. Dank dir!"

Darauf gab es ganz viele Antwortmöglichkeiten.
Ich hätte zum Beispiel sagen können: „Hol es dir selber, ich bin doch nicht dein Diener!" Das hätte Joy wahrscheinlich gesagt und ganz ehrlich, es hätte Mick nicht umgebracht, sich hinten anzustellen.
Ich hätte auch lächeln können: „Sehr gern! Aber nur, wenn du hier bleibst und mich ein bisschen unterhältst."
Er lehnte nämlich lässig an der Wand und spielte mit seinem Handy rum.

Oder ich hätte sagen können:
„Ich heiße Annabell, aber gute Freunde dürfen Bella zu mir sagen."
Doch ich sagte gar nichts. Stumm stand ich da und ärgerte mich, dass ich mir ausgerechnet heute die Haare nicht gewaschen hatte, und als ich dran war, bestellte ich zwei Brezeln und ein Sandwich mit Thunfisch.
„Macht nichts", lächelte Mick, „das schmeckt bestimmt genauso gut. Sehen wir uns bei der nächsten Probe?"

Dann hat er das Sandwich genommen, abgebissen und ist davongeschlendert, ohne meine Antwort abzuwarten.
„Du hast lange gebraucht", stellte Joy fest, als ich endlich zurückkam.
„War ziemlich voll", murmelte ich. Ich habe Joy nicht erzählt, dass ich mich erst mal hinsetzen und alles auf die Rolle kriegen musste. Ich finde, ich habe mich gut geschlagen, denn ich habe mich nicht verhaspelt, bin nicht gestolpert, habe nichts Peinliches gesagt. Ich habe einfach die Sachen gekauft, bin nur bei der Bestellung etwas durcheinandergekommen. Alles in allem war ich ziemlich entspannt, bis auf die rote Bombe, doch daran arbeiten wir ja. Das Einzige, was mich ein bisschen stört, ist die Tatsache, dass Mick nicht bezahlt hat. Andererseits habe ich so einen guten Grund, wieder mit ihm ins Gespräch zu kommen.
„He Mick, du schuldest mir noch was!"
Oder: „Du kannst dich revanchieren und mich zu einer Cola einladen."
Oder so ähnlich.
Jedenfalls erzähle ich Joy erst mal nichts davon, denn sie muss ja nicht alles wissen. Irgendjemand, ich glaube, ein Philosoph oder so, hat mal gesagt: „Wenn du willst, dass ein anderer dein Geheimnis bewahrt, dann bewahre es erst selber."
Und wer weiß, was Joy alles vor mir geheim hält?

He, Bella, was ist los mit dir? Wo bist du mit deinen Gedanken?

„Übermorgen ist wieder Bandprobe“, sage ich beiläufig.

„Ich weiß.“

„Willst du hin?“

„Ja, logo!

„Und was machen wir mit Chiara?“

Joy sieht mich düster an.

„Was hältst du von einem Auftragskiller? Hm, wahrscheinlich zu teuer. Wir könnten sie einsperren, im Heizungskeller bei Wasser und Brot. Und Weihnachten darf sie wieder raus.“

Zum Glück weiß ich, dass Joy so was nicht ernst meint. Im tiefsten Herzen, wenn sie mal alle Rachegedanken vergisst, ist sie eine grundgutmütige Seele.

Von wegen!

Joy: Bei manchen Leuten kenne ich kein Erbarmen. Ich mag nun mal keine notorischen Bestimmer. Angeber kann ich auch nicht leiden. Und Chiara ist eine Mega-Protz-Angeberin. Die heißt nämlich gar nicht Chiara, sondern ganz stinknormal Klara. Und dann auch noch Schmidtpott, das muss man sich mal reinziehen. Klara Schmidtpott, was für ein Name! Superstars heißen anders. Das weiß sie auch, deshalb hat sie sich diesen Angebernamen verpasst. CHIARA. Ganz schön peinlich!

Bella: Joy würde bestimmt lachen, aber ab und zu träume ich mich in ein anderes Leben hinein. Mit einem fremden Namen schlüpfe ich in eine neue Identität wie eine Schlange, die sich häutet. Ich bin dann der blonde Vamp Marylin Money und liebe es, im Rampenlicht zu stehen, denn ich brauche das Publikum und den Applaus wie die Luft zum Atmen. Aber das träume ich nur ganz selten und eigentlich auch erst seit Kurzem.
Ach ja, für Joy hätte ich auch einen tollen Künstlernamen: Melody Stardust, der neue Stern am Rock-Himmel. Alternativ: Rocky Rakete, der Shootingstar.
Dagegen klingt Chiara doch vergleichsweise harmlos, oder?

Joy: Ach, soll sie sich nennen, wie sie will! Das ist nicht das größte Problem. Bella hat eine gute Idee, die könnte glatt von mir sein. Sie meint, wir müssten die Jungs von mir überzeugen. Denn wenn wir die Jungen aus der Band auf unserer Seite haben, steht es 5:1. Dagegen kann Klara-Chiara nichts machen.

Bella: Wir haben uns die Jungs dann mal der Reihe nach angeguckt und in Typen aufgeteilt, ganz psychologisch, wie in den Zeitschriften immer. So nach dem Motto: „Woran erkennst du, was für einer er ist?“ Das war meine Idee und die war gut.

Erstens: Benji.

„Was macht er, wenn er auf eine Party kommt?“

a) Er spielt den Gastgeber.

b) Er redet nicht viel, aber beobachtet alles.

c) Er fängt sofort wild an zu tanzen.

Ganz klar b, der Typ Checker. Benji lebt nur für seine Musik, ist immer cool und entspannt; den kann nichts stressen.

Zweitens: Robbi.

„Was isst er am liebsten?“

a) Vollkornmüsli mit Apfelschnitzern

b) 3-Gänge-Menüs im Sternerestaurant

c) Hamburger, am besten Doppelwhopper

Vielleicht Typ b: der Genießer?

Quatsch! Eindeutig c, Typ Vielfraß.

Bei Robbi geht Liebe durch den Magen. Er sieht aus wie ein gemütlicher Teddybär und so benimmt er sich auch, brummig, tapsig und lieb. Außerdem ist er durchaus bestechlich.

Drittens: Moritz.

„Was macht er, um Aufmerksamkeit zu erzielen?“

a) Er rülpst die Tonleiter rauf und runter.

b) Er lässt seine Muskeln spielen.

c) Er zitiert Goethe und Schiller.

Klarer Fall: a, Typ **Kleinkind**. Moritz hat echt immer Blödsinn im Kopf, vom Wettrülpsen bis zum schlechten Witz, sehr anstrengend. Wenn er nicht Micks kleiner Bruder wäre, hätten die ihn bestimmt schon längst rausgeschmissen.

Viertens: Charly.

„Was unternimmt er in seiner Freizeit?“

a) Er spielt Beachvolleyball.

b) Er singt im Kirchenchor.

c) Er beschäftigt sich mit seinem PC.

C, ganz logo! Charly ist ein **Nerd**, den interessiert nichts als seine Technik. Er meidet das Sonnenlicht wie ein Vampir und hockt bis spät in die Nacht hinein am Computer.

Fehlt noch Mick, aber der ist ja klar: Typ Mädchenheld und Herzensbrecher.

Ich glaube, dass Joy sich da gründlich täuscht. Mick wird von allen falsch eingeschätzt, nur weil er süß aussieht und so lieb lächeln kann. Aber deswegen muss er noch lange kein Mädchenaufreißer sein! Das ist ein dummes Vorurteil. Bestimmt ist Mick total schüchtern, das hat man oft bei schönen Menschen, und sein ganzes toughes Auftreten ist nur gespielt, um seine Schwächen zu verbergen. Aber ich erkenne sein wahres Ich, denn mir geht es oft ähnlich. Ja, in meinem tiefsten Inneren spüre ich es: Mick und ich sind Seelenverwandte.
Ich bin gespannt auf übermorgen.

Joy: Oma hat vorhin gefragt: „Na, wie sieht es aus, habt ihr denn schon einen Freund?“
Wie kommt sie nur darauf? Eine seltsame Frage. Aber noch lange kein Grund, einen roten Kopf zu kriegen, so wie Bella schon wieder.
Es wird höchste Zeit, dass wir das A-L-Training fortsetzen, sonst wird mein Schwesterherz schrullig.

– 9. –

Joy: Dad hat heute wieder angerufen. Oma war am Telefon und sie war ganz aus dem Häuschen.
„Mein Junge, wie schön, dass du dich mal meldest! Wie geht es dir? Fein. Ja, hier ist auch alles bestens. Ich greif den Mädels ein wenig unter die Arme, es gibt ja genügend zu tun. Aber nein, das war nicht als Vorwurf gemeint, um Himmels willen! Wir sind alle fröhlich und munter, es könnte gar nicht besser sein ...!"
Könnte es doch! Entschieden besser sogar.

Bella: Oma hat Joy das Telefon hingehalten und gesagt, dass sie doch am besten selber mit Dad redet und nicht einfach dazwischenquatscht, aber Joy hat trotzig abgewinkt, sie hätte keine Zeit. Er dürfe es gern abends mal versuchen, so zwischen acht und fünf nach acht, da könnte sie sich viel leicht freinehmen. Oje, Joy ist ja so stur!
Oma war das unangenehm und sie hat was von Pubertät gemurmelt und vom schwierigen Alter und dann hab ich

mit Dad gesprochen und ihm erzählt, dass Joy im Moment einfach viel im Kopf herumspukt, das sei gar nicht persönlich gemeint, und dass sein Bücherschrank immer noch nicht beim Sperrmüll ist. Letzteres hat ihn sehr beruhigt. Zum Schluss hat er gesagt, dass er demnächst beruflich nach Hamburg muss und dann kommt er uns besuchen. Ich verstehe gar nicht, wieso Joy jetzt schon wieder genervt ist.

Bin ich ja gar nicht. Oder nur ein bisschen.

Joy: Und das auch nur, weil Oma so einen Quatsch erzählt. Von wegen Pubertät! Das ist doch keine Krankheit wie Keuchhusten oder Röteln. Man muss also nicht so tun, als ob es was Ansteckendes wäre, und die Stimme senken, wenn man drüber redet. Wie verklemmt ist das denn? Und dass ich langsam einen Busen kriege, hat überhaupt nichts damit zu tun, ob ich Dad sprechen will oder nicht. Ich sitze ja nicht rum und beobachte, wie mein Busen wächst. Nein, wenn ich sage, ich hab keine Zeit, dann hat das ganz andere Gründe.
Ich gehe jetzt in mein Zimmer und spiele. Morgen knöpfe ich mir die SHARkX wieder vor!

Bella: Oma kann Dads Besuch kaum abwarten; sie will ihn dringend bitten, die Gitarre wieder mitzunehmen, weil sie der Krach fürchterlich nervt. Er war es schließlich, der Joy die Gitarre geschenkt hat. Ohne Matti vorher zu fragen, das weiß ich noch ganz genau, und die war zuerst gar nicht begeistert. Aber sie findet es toll, wenn ihre Töchter sich kreativ beschäftigen, und deshalb meckert sie meistens nicht, wenn Joy übt, es sei denn, es ist fast Mitternacht. Aber Dad nimmt Joy die Gitarre bestimmt nicht wieder weg. Das wäre auch unfair, denn ohne Gitarre kann Joy nicht bei den SHARkX mitspielen und wenn das nicht klappt, rastet sie völlig aus. Nebenbei erwähnt: Mein Busen wächst genauso schnell wie der von Joy, das beobachten wir beide sehr genau. Ich bin zwar noch meilenweit von Marylin Money entfernt, aber so langsam kommt es voran. Also hatte Oma doch Recht mit der Pubertät. Aber eine Krankheit ist es wirklich nicht, nur ein Zustand, der vorbei geht, und anschließend hat man dann tolle Kurven und nie mehr Pickel, fettige Haare oder schlechte Laune. Und wer weiß, vielleicht kriegt man automatisch NIEMALS wieder einen roten Kopf? Darauf freue ich mich am meisten.

- 10. -

Joy: Heute wollte der Moser mit uns über den Fun-Park reden.

Er stand da und schwenkte einen Stapel Eintrittskarten wie eine Jagdtrophäe über dem Kopf. Die Belohnung für die ganze Klasse, weil Bellas Gedicht gewonnen hat.

„Freier Eintritt für alle", verkündete er stolz. Als ob er dafür verantwortlich wäre! „Inklusive Mittagessen. Und Busfahrt hin und zurück. Ihr könnt euch bei Bella dafür bedanken."

Schwupp! Alle Köpfe sausten rum. Alle starrten Bella an.

Ich muss wohl nicht sagen, wie sie reagiert hat?

Richtig. Roter Kopf und Schweigen.

Tim machte eine affige Verbeugung, als ob er Bella zum Tanz auffordern wollte. „Danke, Gnädigste!", flötete er.

„Was zieht man denn da an?", wollte Jenni wissen.

„Minirock", grinste Marcel, „so kurz wie möglich. Oder ein schön weites Kleid, das auf dem Kettenkarussell ordentlich hochfliegt."

„Mann ey – wie bist du denn drauf? Kettenkarussell? Vielleicht noch Ponyreiten?“ Tim kriegte sich gar nicht wieder ein vor Lachen. Und outete sich als wahrer Kenner.

„Ich sag nur *Desert Race* – in zweieinhalb Sekunden von null auf hundert. Oder *Scream*: freier Fall aus achtzig Metern. Alter, das zieht dir die Schuhe aus! Das ist voll geil“, protzte er rum.

„In dem Ding muss ich kotzen!“, rief Jonas, obwohl es keiner hören wollte.

„Dann iss vorher lieber nichts“, schlug Coraly ihm vor.

„Apropos Essen: was gibt's denn da? Hoffentlich nicht so einen pädagogisch wertvollen Schulklassenfraß wie in der Jugendherberge“, rief Marcel.

Und so weiter, und so weiter.

Ich fass es nicht!

Tim braucht Nervenkitzel.

Jonas muss kotzen.

Jenni weiß nicht, was sie anziehen soll.

Und Marcel will Pommes rot-weiß statt Bio-Grünkernfrikadellen.

Super. Nicht einer interessiert sich überhaupt noch für Bellas Gedicht!

Ganz ehrlich: Wenn ich sie wäre, würde ich mir das mit der Schriftstellerei noch mal überlegen. Ein undankbarer Job ist das. Da ist Rockstar eindeutig besser.

Ich bin heilfroh, dass die über alles Mögliche geredet haben und ich mein Gedicht nicht noch vor der ganzen Klasse vorlesen musste.

Obwohl das keine schlechte Übung gewesen wäre, meine Liebe! Glück gehabt! Aber wart's nur ab: Die nächste Gelegenheit kommt bestimmt.

Während Bella also schon eine halbe Berühmtheit ist und sich nicht die Bohne dafür interessiert, hab ich noch die ganze Arbeit vor mir.
Drei Uhr, Zeit für die SHARkX. Bella kommt mit. Sie ist eine treue Seele, das muss man ihr lassen. Obwohl sie mich heute Morgen ziemlich genervt hat. Sie hat so endlos lange im Bad gebraucht, dass wir fast zu spät zur Schule gekommen wären. Sie musste unbedingt noch die Haare waschen, weiß der Kuckuck, warum.
Jetzt stehen wir wieder vor der Tür zum Musikraum. Bella mit frisch geföhntem Pony, ich mit meiner Gitarre. Von drinnen hört man die Drums; Mick spielt sich ein. Wir gehen rein ohne anzuklopfen. Ganz selbstverständlich, denn zögern ist nur was für Loser.
Chiara guckt extrem genervt. „Ist nicht wahr! Du schon wieder."
Ich lächle sie ganz freundlich an. Das ist meine Taktik für heute: nicht provozieren lassen. Lächeln und schweigen. Zumindest Chiara gegenüber. Für die Jungs haben wir uns was anderes ausgedacht. Jeder bekommt eine Spezialbehandlung.

Ein individuelles Typenpaket – all inclusive!

Mit einem bezaubernden Lächeln halte ich Robbi eine Zimtschnecke unter die Nase. Begeistert stellt er seinen Bass zur Seite. Die nächsten Minuten ist er mit Kauen beschäftigt und ich bin in seiner Beliebheitsskala um mindestens fünf Punkte gestiegen. Mit jedem Bissen werden es mehr.

Moritz wuselt hektisch hin und her. Mann, kann der einen huschelig machen! Den soll Bella übernehmen, die hat mehr Geduld als ich.

Was hatten wir uns für Benji überlegt? Ach ja. Fachsimpeln, staunen, loben. So nach dem Motto: „So gut wie du werde ich nie, völlig klar. Aber lass mich doch wenigstens eine kleine Nebenrolle spielen. Ich kann ja noch so viel lernen von dir!“

„Kann ich nachher mal deine Lead-Sheets kopieren?“, frage ich Benji. Er sieht mich lange an.

„Warum?“, fragt er schließlich.

„Ich würde die Sachen gerne nachspielen. Für mich zu Hause, einfach so. Aber dafür brauche ich die Noten.“

„Welche?“

Na alle!, hätte ich am liebsten gerufen. Aber das wäre taktisch unklug. Ich will ihn ja nicht einschüchtern, also gebe ich mich bescheiden.

„Die für das letzte Stück vom Sommerfest. Die Ballade

mit dem langen Gitarrensolo. Das war ja so was von gut! Hast du den Song selbst geschrieben?“
Wieder ein endloser Blick aus braunen Dackelaugen. Seine Antwort will gut überlegt sein. „Ja klar.“
Chiara guckt supermisstrauisch zu uns rüber. Zum Glück braucht Charly sie grade für den Soundcheck, deshalb kann sie nicht eingreifen. Wie wir Charly um den Finger wickeln, ist übrigens klar: Wir werden ihn nachher für den tollen Sound loben, dann schwebt er im siebten Himmel.
Bis hierher läuft alles bestens. Aber jetzt kommt der schwierigste Fall: Mick. Mick will angehimmelt werden und da steh ich ja nun gar nicht drauf. Ich mag solche Machotypen nicht. Die glauben, alle Mädchen fallen in Ohnmacht, wenn sie ihnen auch nur einen Blick schenken. Für die Band ist das genial, ganze Boygroups leben davon. Aber privat? Nee danke.
Doch es gehört nun mal zu dem Plan dazu, den Bella und ich uns ausgedacht haben. Also ran! Im Übrigen wird mir die Entscheidung gerade aus der Hand genommen. Denn Mick kommt mit Strahlelächeln hinter seinem Schlagzeug hervor, geradewegs auf uns zu. Soll ich anfangen oder er? Was sagt man überhaupt in so einem Fall, ohne dass es ein Kitschroman wird?
„Hi doppeltes Joychen!“, gurrt Mick

und lächelt Bella zuckersüß an. Hä? Was ist denn hier los? Bella räuspert sich verlegen.
„Ich heiße Bella“, sagt sie leise, natürlich wieder mit Tomatenbirne. „Und ich krieg noch zwei Euro von dir.“
Oh Mann! Das ist jetzt DIE Gelegenheit, den Typen um den Finger zu wickeln, und was macht Bella? Redet schnöde von Geld. Aber Moment – wieso eigentlich?

Naja ... ääh ... Ach, das erzähl ich später mal.

Bella: Charly gibt gerade das Zeichen, dass die Technik steht und sie endlich mit der Probe anfangen können. Alle gehen auf ihre Plätze und Joy packt wie selbstverständlich ihre Gitarre aus. Da trifft sie ein vernichtender Blick von Chiara.
„Ich hab doch neulich schon Nein gesagt!“
Joy lässt sich nicht beirren, sie lächelt nur milde: „Ich weiß.“
„Und welchen Teil von NEIN hast du nicht verstanden?“, zischelt Chiara. „Wir sind komplett, wir brauchen keine neuen Leute. Wenn sich daran was ändert, sagen wir dir Bescheid.“
„Aber sie könnte doch wenigstens zuhören“, meint Robbi. Braver Junge! Er hat nicht vergessen, woher die leckere Zimtschnecke kam.
„Genau. Und Bella auch!“, ruft Mick und deutet mit großer Geste auf die leeren Stuhlreihen. „Bitte, freie Platzwahl.“
Chiara passt das gar nicht, das kann man deutlich sehen.

Aber wenn sie noch länger rumzickt, steht sie alleine gegen alle anderen und würde außerdem den ganzen Laden aufhalten. Deshalb murmelt sie gnädig „von mir aus" und greift zum Mikrofon. Und sobald sie zu singen beginnt, ist alle Zickigkeit vergessen, denn ganz ehrlich, Chiara hat eine so tolle Stimme, dass alles andere unwichtig wird.

Verräterin! Umkipperin. Wendehals. Auf welcher Seite stehst du eigentlich?

Joy: Okay, die Stimme ist nicht schlecht. Trotzdem. Solange Chiara mich nicht mitspielen lässt, ist sie meine erklärte Feindin. Und an meinen Feinden lasse ich kein gutes Haar. Aber vielleicht ist Chiara ja lernfähig. Ich werte es einfach mal als einen ersten Erfolg, dass wir heute bei der Probe dabei sein konnten, Bella und ich. „Als Groupies", wie Mick grinsend bemerkte. Echt witzig!

Keine schlechte Idee von mir, das mit den verschiedenen Typen und wie man sie behandeln muss. Das könnte Joy auch mal zugeben.

Bella: Und die Strategie ist ausbaufähig.

Das nächste Mal bringen wir Robbi zwei Zimtschnecken mit, dann frisst er uns aus der Hand.

Charly müssen wir noch viel mehr Honig um den Mund schmieren für den supertollen Sound und ihm immer wieder sagen, dass er als Lieber-Technik-Gott der wichtigste Mann in der Band ist.

Und Joy sollte Moritz nicht wieder anmeckern, wenn der Rhythmuspupsen macht.

Was denn? Ich hab nur ganz leise „Schwein!“ gesagt. Ich finde das nun mal eklig.

Ist es auch, grauenvoll eklig! Aber Matti hat erzählt, dass sie in der Kita jede Menge kleiner Jungs hat, die alle um die Wette pupsen, nur um Aufmerksamkeit zu bekommen.

Ich schenke Moritz das nächste Mal ein Kaugummi, damit kann er Blasen machen und ist beschäftigt und kommt nicht auf dumme Gedanken.

Zu Mick nett zu sein, fällt mir nicht schwer, denn er ist es ja auch, sehr nett sogar.

So, und wenn Joy beim nächsten Mal die Ballade von Benji so richtig schön gefühlvoll hinkriegt, hat sie's geschafft!

Also, Schwesterherz, schön weiterüben.

Worauf du dich verlassen kannst. Obwohl ich gerade gemerkt habe, dass Benji ein kleiner Spinner ist.

Joy: Beim Kopieren der Noten kam es raus.
„Music and Lyrics by Eric Clapton“, stand unten in der Ecke.
Von wegen selbst geschrieben! Eric Clapton, das ist ja voll der Uralt-Opi! Der Song ist mindestens dreißig Jahre alt. Aber ich tu so, als wüsste ich es nicht. Im Moment ist es taktisch besser so.

-11.-

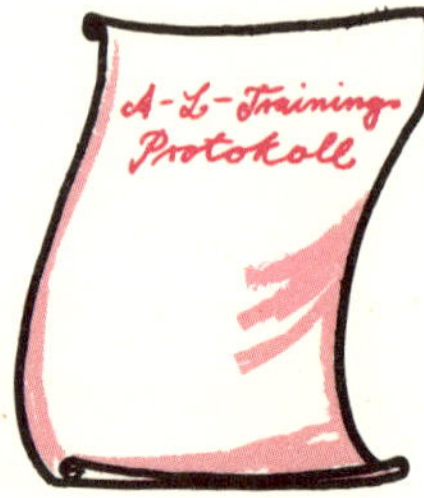

Joy: Anti-Lampenfieber-Training Teil 2.
Sonntagmorgen, acht Uhr. Die Sonne scheint, die Vögel piepen, die Welt ist in Ordnung. Mindestens die Hälfte der Bevölkerung schläft noch. Bella und ich gehören zur anderen Hälfte. Seit Oma bei uns wohnt, ist ausschlafen nicht mehr drin. Schon ganz früh morgens beginnt sie rumzuwuseln; das sei nun mal ihr Rhythmus, behauptet sie. Ich hab es mal senile Bettflucht genannt und mir damit strafende Blicke von Matti eingefangen. Alles was mit Alt oder *Tüdelig* zu tun hat, wird bei uns neuerdings streng ausgeklammert.
Aber zurück zum Thema. Wenn Bella und ich schon so früh wach sind, können wir auch frische Brötchen holen und den Frühstückstisch decken, haben wir gedacht. Weil aber keine von uns Bock auf Tischdecken hat, ziehen wir beide los. Und wir sind weiß Gott nicht die einzigen, die diese Idee hatten. Beim Bäcker an der Ecke drängeln sich die Leute. Eine lange Schlange von Menschen zieht sich vom Verkaufstresen bis zur Tür.

Ach, du dickes Ei! Dazu hab ich ja nun gar keine Lust.

Da müssen wir jetzt durch! Alles Gute hat seinen Preis, frische Brötchen eben auch.

Bella: Außerdem bringt es Spaß, die Leute zu beobachten. Einige können es gar nicht fassen, dass sie nicht gleich dran sind, die scharren unruhig mit den Füßen. Andere fangen an zu klönen, vergessen aufzurücken und nerven alle, die hinter ihnen stehen. Lustig sind auch die Papis mit mindestens drei quengelnden Kindern im Schlepptau. Mami darf ausschlafen und die Kleinen dürfen sich zur Entschädigung jedes Brötchen einzeln aussuchen und ihre Entscheidung noch ein halbes Dutzend Mal ändern.

Ganz besonders beliebt sind die Vordrängler. Da gibt es zwei verschiedene Typen: die Rücksichtslosen („Ich hab es eilig!") und die Pseudo-Ahnungslosen („Ach, stehen Sie auch an?").

Und genau diese Leute bringen mich auf eine klasse Idee.

Joy: Bella und ich stehen ganz hinten in der Schlange. Bis wir dran sind, dauert es bestimmt zwanzig Minuten. Das werden wir ändern. Das heißt, Bella wird es ändern. Ich stoße sie in die Seite und flüstere ihr zu: „Du drängelst dich jetzt nach vorn durch und bestellst ganz frech unsere Brötchen. Lass dich nicht aufhalten, von niemandem!"

Bella guckt mich verständnislos an. „Warum?"

„Na, rate mal!"

Jetzt hat sie kapiert. „Muss das sein?"

„Es muss."

„Und wenn ..."

Nein, wir spielen jetzt nicht durch, was alles Schreckliches passieren kann.

„Na los, geh schon!"

Ich schiebe Bella mit sanftem Druck nach vorn.

Sie leistet bockig Widerstand, aber das lasse ich nicht durchgehen.

„Sperr dich nicht", raune ich ihr zu, „sei einfach ganz locker. Es geht viel leichter, wenn du dich nicht dagegen wehrst."

Das hab ich mal bei einem Coach im Fernsehen gesehen, der hat es genauso gemacht mit den Leuten und das kam voll gut an.
„Glaub an dich. Du schaffst das!“, sage ich und gebe Bella einen kleinen Schubs. Sie rempelt eine Frau an.
„Tschuldigung!“, murmelt Bella.
Die Frau guckt genervt. „Hast du es eilig?“
„Nein“, sagt Bella. Aber unter meinem wachsamen Blick korrigiert sie sich schnell: „Doch, ja.“
„Die Jugend von heute hat überhaupt keine Zeit mehr!“, schimpft die Frau. Am liebsten würde Bella kleinlaut umkehren, das sehe ich ihr von hinten an. Aber sie ahnt, dass sie Riesenzoff mit mir kriegt, wenn sie das Training abbricht.
„Stimmt!“, murmelt Bella und schlängelt sich geschickt an den Wartenden vorbei. Ich wusste gar nicht, wie behände meine Schwester sein kann. Da kommen schon die ersten Proteste.
„He! Hallo, hinten anstellen!“, motzt ein Mann, Typ Panzerknacker. Er will Bella am Arm packen, aber sie windet sich wie ein Aal und kreischt: „Fassen Sie mich nicht an! Hilfe!“
Spätestens jetzt ist es so weit: Alle Blicke sind auf Bella gerichtet. Und auf den Muskelprotz, der erschrocken seine Hand zurückzieht, weil er nicht als Kinderfeind beschimpft werden will. Nun drängelt sich meine Schwester vor eine junge Frau mit kugelrundem Babybauch. Bella zeigt auf den dicken Bauch und sagt: „Meiner Mama geht’s genau so. Das Baby kann jede Minute kommen,

ich muss ganz schnell machen, damit ich bald wieder zu Hause bin und ihr helfen kann. Das haben wir immer allein gemacht, bei allen acht Kindern." Bella kommt richtig in Fahrt! Die Schwangere nickt verständnisvoll. Aber der grantige alte Mann vor ihr nicht. „Das ist die dümmste Ausrede, die ich je gehört habe", grummelt er.

„Echt?", fragt Bella und sieht ihn treuherzig an. „Aber es gibt noch viel dümmere! Meine Schwester kennt ganz viele. Fragen Sie sie, die steht da hinten." Der Alte dreht sich prompt zu mir um und schwups! ist Bella an ihm vorbei. Jetzt ist sie fast ganz vorne angelangt.

Nur eine vornehme Dame steht noch vor ihr. Die guckt streng und sagt: „Nun, mein Kind, wenn du es so eilig hast, wird es sicher einen guten Grund haben. Aber der interessiert mich nicht. Ich habe meine Zeit ja schließlich auch nicht gestohlen."

Bella beugt sich zu ihr und sagt vertrauensvoll: „Ihnen kann ich es ja erzählen: Mein Papa haut mich grün und blau, wenn ich nicht in zehn Minuten wieder zurück bin. Er ist unheimlich streng, aber gerecht. Meine Schwester kriegt nämlich dieselbe Strafe."

„Um Himmels willen!", ruft die Dame entsetzt. „Na, dann mach mal schnell!"

YES! Na bitte, es geht doch!

Das hat Bella echt gut gemacht. Zwar mit tomatenroter Birne, aber ansonsten sehr souverän. Ich bin stolz auf meine Schwester. Hoffentlich hat sie jetzt nicht vergessen, was sie kaufen soll.

Vier Croissants und vier Normale, das ist ja nicht so schwer zu behalten.

Bella: Aber ich komme gar nicht dazu, die Bestellung aufzugeben, denn schon schnauzt mich die Verkäuferin an: „Nee, nee, mein Lütten, so läuft das hier nicht. Du verärgerst ja die ganze Kundschaft. Stell dich schön hinten an und warte, bis du an der Reihe bist."
Oooohh – ist das peinlich! Jetzt muss ich an den Leuten vorbei wieder nach hinten gehen und alle lachen. Und das Schlimmste ist, dass sie mich „mein Lütten" genannt hat, als ob ich ein dummes Kleinkind wäre!
ICH FINDE DIESES TRAINING SAUBLÖD!
Es bringt mich kein Stück weiter. Im Gegenteil, es wirft mich um Lichtjahre zurück. In diese Bäckerei traue ich mich doch die nächsten zehn Jahre nicht mehr rein! Das war das letzte Mal, dass ich bei Joys verrückten Ideen mitgespielt habe!

Na, mal sehen ...

Joy: Jetzt steht es fest: Dad kommt übermorgen. Abends, nach seinem Geschäftstermin.
„Wann wird das sein?", hat Matti gefragt.
„Na, abends eben", hat Dad geantwortet, „wenn die Besprechung zu Ende ist. Das weiß man vorher nicht."
Matti hat geguckt, als ob sie dachte: Ach herrjeh, jetzt

geht das wieder los. Aber sie sagte ganz beherrscht: „Schön, dann freuen wir uns, wenn du da bist.“

Lüge! Zumindest ein bisschen.

Und gleich gibt’s die nächsten Probleme.

Bleibt Dad vielleicht länger? Wenn ja, wo soll er schlafen?

Für Oma ist das unwichtig. „Hier ist doch nun wirklich Platz genug“, meint sie. „Im Krieg haben in so einer Wohnung mindestens drei Familien gelebt.“

Ja, aber der Krieg ist längst vorbei. Und jetzt gelten andere Regeln.

„Im Schlafzimmer nicht“, sagt Matti bestimmt. „Auf dem Gästesofa schläft Oma. Das Etagenbett ist von euch beiden belegt. Dann bleibt wohl nur noch die Badewanne. Oder der Fernsehsessel, mit Kreuzschmerzgarantie.“

Und dabei hat sie schadenfroh gegrinst,
ich hab’s genau gesehen.

– 12. –

Bella: Wir gehen alle zusammen shoppen: Joy, Matti, Oma und ich.
Matti will jedem von uns was Hübsches zum Anziehen spendieren. Joy und ich kriegen was fürs Schulfest und Oma bekommt was, weil sie uns so nett hilft. Ich habe Matti noch nicht erzählt, dass ich bei dem Schulfest gar nicht auf der Bühne stehen will – ganz egal, was Joy davon hält! – und jetzt ist dafür auch nicht der richtige Zeitpunkt. Ich suche mir einfach was aus, was ich immer tragen kann, dann ist Matti später nicht enttäuscht.

Kommt nicht infrage! Du kriegst jetzt eine Klamotte verpasst, die so geil aussieht, dass du sie einfach auf der Bühne zeigen MUSST. Alles andere wäre eine Sünde.

Joy: Wenn man Bella allein zum Klamottenkaufen losschickt, geht das voll in die Hose. Dann kommt sie garantiert mit Schlabberpulli und Leggings zurück. Oder sie

kauft sich das gleiche wie ich. Bella findet es nämlich immer noch gut, wenn wir beide den Zwillingslook tragen. Ich steh da nicht mehr so drauf. Früher, okay, da war das niedlich. Die gleichen Strampler, die gleichen Kleidchen, sogar die gleichen Badeanzüge. Und dann haben wir uns schlapp gelacht, wenn die Leute gefragt haben: „Ja, wer ist denn nun die Bella? Und wer ist die kleine Joy?"
Das Spiel finde ich inzwischen doof. Ich bin Joy. Ich habe einen eigenen Kopf und einen eigenen Willen. Bella auch, bloß anders. Ich mag mir gar nicht vorstellen, dass wir eines Tages so alt sind wie Oma und rumlaufen wie die Kessler-Zwillinge, immer in den gleichen Klamotten. Kommt überhaupt nicht infrage!

Dafür gehen wir jetzt in den Laden, in dem Jenni immer kauft. Jenni, die Fashion-Queen aus unserer Klasse, the next Topmodel aus der 7b. Man kann von Jenni sagen, was man will, aber ihre Klamotten sind cool. Manchmal stört der große Schriftzug darauf, aber der muss sein, hat

sie mir mal erklärt. Sonst weiß doch keiner, wie teuer der Kram war.
Drinnen im Laden ist es ziemlich dunkel. Dafür ist die Musik umso lauter. Oma tastet sich voran, als bräuchte sie einen Blindenhund. Kritisch beäugt sie den knackigen Typen im Eingang. Er trägt Flip-Flops und Shorts, verbreitet Sunshine-Feeling und begrüßt lässig die Kunden.
„Ist Ihnen nicht kalt, junger Mann?", will Oma wissen. „Es gibt doch genügend Sachen zum Anziehen hier."
Nach einem Blick auf die Preisschilder versteht Oma allerdings, warum der arme Junge sich das alles nicht leisten kann.
„Die spinnen ja wohl!", ruft sie empört. „36 Euro für so ein winziges Stück Stoff."
Anklagend hält sie ein T-Shirt in die Höhe. Bella korrigiert sie sanft. „Oma, 36 ist die Größe. Der Preis steht hier."
Oma traut ihren Augen kaum. Sie schleudert das Ding auf den Tisch zurück, als ob es eine Giftschlange wäre. Matti sieht auch nicht glücklich aus. Wahrscheinlich rechnet sie blitzschnell aus, dass für die kleinen Fummelchen hier in Nullkommanichts ein halbes Monatsgehalt draufgeht.
Weil Bella und ich die gute Stimmung nicht verderben wollen, wechseln wir lieber schnell das Geschäft.

Bella: Ich finde es schön, mit der ganzen Familie durchs Einkaufszentrum zu bummeln, und ich schiebe den Gedanken weit weg, dass mein neues Kleid für das Schulfest gedacht ist. Es ist himmelblau, hat Spaghettiträger und ist eigentlich ein ganz normales Kleid, das ich jeden Tag anziehen kann.

Na klar, genau das richtige Outfit für eine Joggingrunde im Park! Und bei schlechtem Wetter besonders stylish in Kombination mit Gummistiefeln.

Sehr witzig! Schade, dass Joy nicht das gleiche genommen hat. Es wäre auch in Rot da gewesen, damit hätten wir uns schon ein wenig unterschieden, aber Joy ist gerade auf dem Ich-Trip und dagegen kann man nichts machen. Sie hat sich für ein schwarzes Top entschieden und für knallenge schwarze Jeans mit Strass-Steinchen drauf. Und mit einem großen Riss quer über dem Oberschenkel.

Das findet Oma gar nicht witzig.

„So viel Geld für eine kaputte Hose", hat sie geschimpft, „das hätten meine Eltern nicht zugelassen. Außerdem zieht es da durch. Was sollen die Leute denn denken?"

Das erste war natürlich an Matti gerichtet, aber die ist heute richtig gut drauf.

„Trude, zu deiner Zeit gab es doch noch gar keine Jeans!", hat sie gesagt. Und bevor Oma wieder beleidigt war, hat Matti ihr ein schönes Seidentuch gekauft. Zuerst hat Oma ein bisschen protestiert, ich glaube, aus Prinzip. „Ich hab schon so viele Schals, die hat mir alle mein Junge geschenkt!"

Dann hat sie das Tuch aber doch gerne genommen und auch gleich umgebunden und festgestellt, dass Seide viel

weniger kratzt als die Wollschals von ihrem Jungen. Das wird sie ihm natürlich nicht sagen, sonst denkt der noch, sie sei undankbar.

Matti selber hat sich eine Bluse mit Blumenmuster ausgesucht. Die steht ihr richtig gut, finde ich. Sie sieht darin viel jünger aus, fast wie unsere große Schwester.

„Für die Kita?", hat Joy frech gefragt.

„Vielleicht …", sagte Matti.

Danach hat Oma uns noch ins Eiscafé eingeladen und plötzlich stockt mir der Atem.

Ach nee, guck mal, wer da kommt!

Joy: Hatte ich also doch Recht: Er IST ein Mädchenheld. Da hinten ist Mick und neben ihm läuft Jenni. Ziemlich dicht neben ihm, wie ich finde. Und wie sie ihn anhimmelt. Gurr, gurr!

Voll peinlich. Aber zum Glück geht uns das ja gar nichts an.

Bella: Warum sollte Mick nicht einkaufen gehen wie jeder andere auch? Und wenn er zufällig Jenni dabei trifft, ist das kein Verbrechen. Wir haben die beiden ja auch zufällig getroffen, so ist das eben in einem Einkaufszentrum in einer großen Stadt, da trifft man Hans und Franz. Joy hat manchmal ein Schandmaul und eine wilde Fantasie.
Nur dass Jenni ihn unentwegt anglotzt … Muss das sein?

-13.-

Joy: Heute Abend kommt Dad und die Vorbereitungen laufen auf Hochtouren. Denn Oma tut so, als ob nicht ihr Sohn kommt (oder unser Vater oder Mattis Mann), sondern mindestens der Prince of Wales. Deshalb wird alles so gründlich vorbereitet wie eine Hochzeit im englischen Königshaus.

Ganz wichtig: das Abendessen.

„Zuerst gibt es ein Spargelcremesüppchen", kündigt Oma an.

„Und dann Boeuf Bourgignon. Nein, besser: Forelle blau. Ach nein, dann stinkt die ganze Wohnung nach Fisch."

Eine halbe Stunde später steht es endgültig fest: „Es gibt Rehrücken gespickt."

Was für ein Aufwand! Früher hat Dad am liebsten Mettwurstbrot gegessen. Aber daran kann Oma sich gar nicht erinnern. Sie will ihren Jungen richtig verwöhnen.

„Nur damit eins klar ist: Ich esse das Zeug nicht", habe ich gesagt, denn ich finde diesen ganzen Aufwand echt übertrieben.
Oma guckte mich streng an.
„Es wird gegessen, was auf den Tisch kommt", sagte sie.
(Toll! Ein neuer Spruch für meine Liste.)
„Und wieso isst du plötzlich kein Fleisch mehr? Was glaubst du denn, was im Döner drin ist?"
Keine Ahnung. Jedenfalls keine Bambis.

Ach herrjeh, Joy ist mal wieder auf Krawall gebürstet. Dabei meint Oma es nur gut.

Bella: Oma glaubt, dass Dad unter die Räder kommt, seitdem er ausgezogen ist und nicht mehr unter familiärer Aufsicht steht. Aber wenn er schon verlottert und heimat- und beziehungslos ist, dann soll er es wenigstens heute Abend mal so richtig, richtig schön haben. Deshalb fängt Oma auch gleich an zu putzen. Die Fenster, die Badewanne, das Messingschild an der Tür – alles. Obwohl die Wohnung sowieso schon blitzt und blinkt, denn seitdem Oma hier wohnt, ist das Wort Unordnung ein Fremdwort für uns. Zum Schluss ist das Familiensilber dran, denn Rehrücken schmeckt offenbar nur mit Gabeln, in denen man sich spiegeln kann.

Ich helfe Oma ein bisschen. Sie wirkt rundum glücklich. Alles ist so, wie es sein sollte. Wir klönen ein bisschen. Oma schimpft auf den türkischen Gemüsemann, weil der um diese Jahreszeit keinen Spargel hat, Oma deshalb die Menüfolge ändern musste und der freche Kerl ihr doch tatsächlich scharfe Peperoni andrehen wollte. Dann sucht sie lange ihre Brille und findet sie schließlich im Putzschrank. Also ist alles paletti. Wenn nachher noch Dad kommt, wird es geradezu perfekt.

Joy hat sich eingeschlossen und spielt Gitarre. Sie wird immer besser, von Tag zu Tag, und ich wünsche ihr so sehr, dass es endlich klappt bei den SHARkX. Ich würde alles, wirklich **ALLES** tun, um ihr zu helfen, versprochen.

Joy: Die spinnen ja da draußen! Flippen völlig aus, nur weil Dad mal vorbeischaut. Weißes Tischtuch, Familiensilber, wie zu Weihnachten. So möchte ich auch mal begrüßt werden, wenn ich aus der Schule komme. Aber das ist ja nicht dasselbe. Mach dich selten und du wirst was gelten! Es riecht gut. Ein leckerer Bratenduft zieht durch die Wohnung. Aber ich lasse mich nicht bestechen und rühre das Zeug nicht an. Schon aus Prinzip nicht. Ich werde auch nicht viel reden. Soll Dad doch fragen, wenn er was wis-

sen will. Ich werde irgendwann einfach zur Gitarre greifen und anfangen zu spielen.
Und dann wird Dad mich traurig ansehen und denken: Was hab ich doch für tolle Mädchen!
Und vielleicht wird er sich das Ganze dann noch mal gründlich überlegen. Und mit Matti in Ruhe drüber reden, ohne Stress und Streiterei ...
„Joy, hör endlich auf! Du machst uns ganz kirre. Du spielst dasselbe Stück jetzt zum zehnten Mal, das nervt!"
Ay ay, Käpt'n, ich habe verstanden. Aber ich komme trotzdem nicht aus meinem Zimmer. Erst, wenn Dad hier ist.

Bella: Es ist kurz nach acht und allmählich sind alle gespannt. Oma hat den Ofen ausgeschaltet, damit ihr der Braten nicht verschmurkelt, und schüttet sich den dritten Sherry ein, als kleinen Aperitif. Das ist das Zeug, das man vorm Essen trinkt, und wenn man lange auf das Essen warten muss, trinkt man eben einen mehr, meint sie.

Halb neun. „Gleich fangen wir an", sagt Matti.
Da klingelt das Telefon und Dad ist dran. Mattis Gesicht spricht Bände.
„Nein, das ist nicht schlimm", sagt sie und meint genau das Gegenteil. Dads Besprechung ist noch lange nicht zu Ende, sie wird bis in den späten Abend dauern, sorry. Und dann wird er den Nachtzug nehmen, denn morgen geht es für ihn schon wieder in aller Herrgottsfrühe los. Es tut ihm

wirklich leid, Grüße und Küsschen an alle, und wir holen es ganz bald ganz bestimmt nach, nur jetzt muss er schnell wieder ins Meeting zurück, denn sonst verpasst er den Anschluss. Gute Nacht!

Ja, dann gute Nacht.

Joy: Ist ja nicht so schlimm! Oma schläft sowieso schon im Sessel, todmüde vom Putzen und vom Sherry. Matti hat sich zum Glück nicht für Dad hübsch gemacht; sie wollte die neue Bluse sowieso heute Abend anziehen. Das Familiensilber musste eh mal geputzt werden. Und den Braten kriegt der Hund der Nachbarn. Alles kein Problem! Es hat sogar was Gutes: Jetzt müssen wir wenigstens nicht die Luftmatratze aus dem Keller holen, weil Dad vielleicht über Nacht bleibt.

Bella: Es ist ja nicht seine Schuld, wenn die Besprechung so lange dauert, und in einem neuen Job muss man erst mal besonders engagiert sein, damit alle Kollegen merken, wie ernst man es meint, das verstehe ich schon.

Matti versteht das nicht.
Sie ist stinksauer. Türen knallend rennt sie durch die Wohnung und zusammen mit Joys Gitarrenkrawall hat das

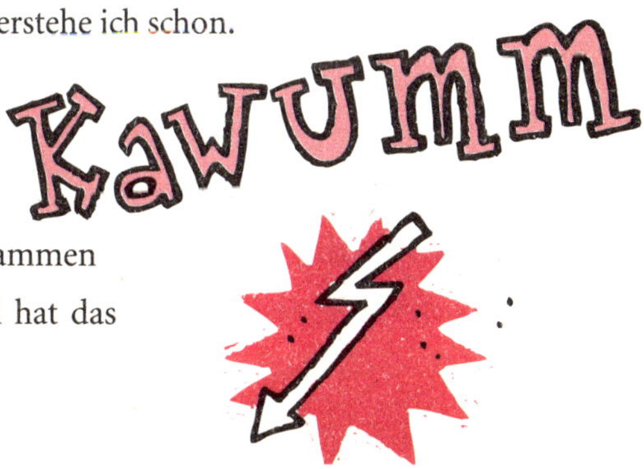

natürlich zur Folge, dass die Nachbarn wieder mal genervt klopfen.
Joy regt sich langsam ab, zum Glück, und spielt jetzt nur noch ganz leise. He, das klingt gut! Das habe ich noch nie gehört …

Kannst du auch nicht. Ist mir eben gerade eingefallen. Es heißt Sadness in the Dark.

Sadness in the Dark … dazu fällt mir auch was ein. Ich schreibe es gleich auf, sonst ist es morgen wieder weg.

In the deepest dark
I'm standing alone
I wish you were here
you beauty unknown.
Here by my side
by day and by night
now and forehehever …
Together we'll feel
gladness and madness
and sadness in the dark.

Ich glaube, der Moser wäre mittelschwer entsetzt, „Bella, your English is terrible!“, aber das ist mir egal, ich finde es schön. Gibt es gladness? Keine Ahnung, aber wenn nicht, dann gibt es sie jetzt eben, das ist künstlerische Freiheit. Und heißt beauty unknown wirklich schöner Unbekannter? Er ist zwar schön, aber so richtig fremd ist er mir ja nicht …

Zumindest passt der Text wunderbar zu Joys Melodie.

– 14. –

Joy: Das hat gerade noch gefehlt: Mir tut der Hals weh. Nicht nur so ein bisschen, das nach dem Zähneputzen weggeht. Nein, richtig fies. Schlucken tut weh, sprechen tut weh, alles. Aber das reicht noch nicht, um zu Hause zu bleiben. Matti legt mir die Hand auf die Stirn und sagt: „36,8, höchstens."
Unter 38° kennt sie keine Gnade und schickt mich in die Schule. Oma sieht mich mitleidig an. Ihr würde es wohl ganz gut gefallen, wenn sie mich ein wenig pflegen könnte. Aber noch hat Matti hier das Sagen. Hinterher wird ihr das wahnsinnig leidtun. Wenn ich nämlich mit Fieberkrämpfen und Schüttelfrost ins Krankenhaus gebracht werde und Matti als Rabenmutter dasteht.

Bella: Joy kann eine richtige Drama-Queen sein. Auf der einen Seite immer obercool, aber wenn's mal irgendwo zwickt, gibt es gleich ein großes Theater. Wahrscheinlich hat sie sich die Erkältung gestern Abend aufgesackt, als sie noch

um den Block joggen musste, um ihren Frust loszuwerden. Es goss in Strömen, aber Joy meinte nur: „Halb so schlimm, das meiste geht vorbei." Stimmte wohl nicht ganz, denn sie kam pitschenass wieder.
Und jetzt ist sie erkältet und hat schlechte Laune, wie man unschwer erkennen kann. Heute Nachmittag proben die SHARkX, aber das kann sie in diesem Zustand vergessen.

Warum das denn? Kommt nicht infrage. Heute ist der Tag der Entscheidung und diese Entscheidung treffe ich, sogar mit einer lebensbedrohlichen Angina.

Joy: Eine heisere Stimme klingt doch gleich viel interessanter. Vielleicht kriegt Chiara sogar Schiss, dass ich ihr den Job als Sängerin streitig machen will. Und dann ist sie heilfroh, wenn ich doch nur Gitarre spiele, und sagt ab sofort kein Wort mehr gegen mich.
Von wegen.
Chiara guckt genervt wie immer, als Bella und ich in den Musikraum kommen. Aber dann benimmt sie sich ganz komisch.
„Ah, da seid ihr ja!", ruft sie. Und mit viel gutem Willen könnte man sogar so etwas wie Begeisterung in ihren Worten hören.
„Wir proben heute was Neues. Ihr dürft euch da hinsetzen und zuhören. Hinterher könnt ihr mal sagen, ob der Song vielleicht eine Idee schneller gespielt werden sollte."

Oh wie gnädig, oh danke, danke!!
Was denkt die sich eigentlich? Ich will doch kein Zuhörer sein. Und ein Versuchskaninchen schon gar nicht.
Ohne sie zu beachten, strecke ich Robbi wieder eine Zimtschnecke entgegen, aber heute hat er schon den Mund voll.

„Chiara hat Schokoküsse für alle spendiert", schmatzt er.
Ah, daher weht der Wind! Chiara ist nicht blöd. Sie hat unsere Taktik durchschaut und kommt uns zuvor mit den Bestecherlis. Das macht die Sache nicht einfacher, ganz und gar nicht. Mal sehen, ob Mick heute empfänglich ist für schmachtende Blicke (falls ich die hinkriege mit roten Augen und triefender Nase). Aber Mick sieht mich gar nicht an. Er glotzt die ganze Zeit zu Bella rüber, die bei Moritz am Keyboard lehnt.
Dann eben nicht, du dummer Kerl!
Ich versuche es bei Charly. „He, soll ich dir helfen?"
Charly hat den Arm voller Kabel. Er schüttelt den Kopf. „Besser nicht."
Was soll das denn heißen? Ich bin doch keine technische Null! Ich weiß genau, wo was reingehört, schließlich spiele ich E-Gitarre.
Ob Chiara dummes Zeug erzählt und Charly vor Sabotage-

akten gewarnt hat? Falsche Schlange!

Meine Laune wird immer mieser.

Benji guckt mich durchdringend an. „Na, hast du auch schön fleißig geübt?“

„Aber natürlich, Benji Clapton!“, rutscht es mir raus. Oh nein! Benji wendet sich beleidigt ab und murmelt was von „... eigener Interpretation ...“ und dann „Komm mir bloß nicht zu nahe und steck mich nicht an!“

Scheißtag heute!

Vielleicht haben Bellas Sterne doch Recht. Wenn es nach denen gegangen wäre, wäre ich heute im Bett geblieben, weil sowieso nur Mist passiert.

Danke, Matti, alles deine Schuld!

Bella: Joy sollte das lieber positiv sehen: Wenn sie als ständige Begleiterin bei den SHARkX präsent ist, ist das schon mal besser als nichts. Die gewöhnen sich an sie und lernen, ihre Meinung zu schätzen und merken, dass Joy Ahnung von Musik hat. Und irgendwann kommt die Gelegenheit mitzuspielen ganz von selber, da darf man nicht so drängelig sein.

Ich habe heute die Zeit genutzt und Mick beim Spielen beobachtet. Unglaublich, wie gefühlvoll er die Percussions bedient. Der kloppt da nicht so hirnlos drauf rum wie andere, nein, er ist ein total sensibler Typ, das wird mir immer klarer. Es gibt eine Eisbergtheorie, die passt wunderbar auf Mick: Von allem sind sieben Achtel unsichtbar. Von Mick sehen alle Leute nur das eine Achtel, das oben aus dem Wasser rausguckt, und das ist zugegeben wirklich ziemlich frech.

Aber ich, ich sehe den Rest, die sieben Achtel, die verborgen liegen, und so wie Mick mich manchmal ansieht, spüre ich, dass er spürt, dass ich das spüre. Klingt kompliziert, ist es aber nicht.

Ich habe Joy den Vorschlag gemacht, dass ich mal unter vier Augen mit Chiara rede, so von Frau zu Frau. Ich könnte mit einer weißen Friedensfahne zu ihr gehen und ihr erklären, wie wichtig es für Joy ist, bei den SHARkX mitzuspielen. Und ich könnte Chiara klarmachen, dass Joy überhaupt keine Konkurrenz für sie ist …

Bist du bescheuert? Natürlich bin ich das.

… aber wahrscheinlich warte ich damit lieber, bis Joys Erkältung weg ist und sie wieder bessere Laune hat. Übrigens: Der einzige, bei dem unsere Honig-um-den-Bart-schmier-Aktion heute gefruchtet hat, war Moritz. Der hat zum Schluss einen Witz erzählt und ich hab mich ausgeschüttet vor Lachen.

„Kommt ein Luftballon zum Psychiater und sagt: Herr Doktor, ich hab ja solche Platzangst!“

Mein Lachen war echt, wirklich, und Moritz hat sich total gefreut. Also so viel ist klar: Zumindest der findet uns gut.

Joy: Mein Kopf ist heiß.

Ich habe keinen Hunger.

Meine Laune ist weit unter null.

Matti hat ein Einsehen. Statt ihrer kühlen Hand gibt's jetzt das Fieberthermometer. Das zeigt unbestechlich 37,9 an. Noch nicht wirklich bedrohlich, aber schlimm genug. Ich lege mich ins Bett und wäre gern allein.

Wann fährt Oma eigentlich wieder?
Ich ziehe die Decke über den Kopf, damit der ganze Mist verschwindet. Chiara, Dad, Halsschmerzen – haut ab!
Und hoffentlich hört Bella bald auf, mit ihrem Handy rumzuspielen!

Bella: Wow.
Ich hab grade eine SMS erhalten: **„Du bist echt süß, ich mag dich. M.“**

So eine Nachricht hab ich noch nie bekommen, in meinem ganzen Leben nicht. Mir ist ganz schwindlig vor Aufregung. Zwei einsame Seelen haben sich gefunden!
Naja, streng genommen bin ich nicht einsam, ich habe ja Joy, aber es klingt so dramatisch und so schön.
Soll ich ihm antworten? Nein, auf keinen Fall. Das wäre banal und würde den Zauber zerstören. Ich lösche die SMS lieber schnell, bevor Joy sie liest, denn die käme nur auf dumme Gedanken. Nachher denkt sie womöglich, ich sei verliebt. Was für ein Blödsinn! Also weg mit der Message und dann wird geschlafen.
Aber das ist gar nicht so einfach, denn mein Herz klopft wie verrückt und Joy schnarcht, weil ihre Nase verstopft ist.
Ich lege das Handy unter mein Kopfkissen, nur für alle Fälle.

– 15. –

Joy: Heute Morgen zeigte das Thermometer 37,5, also weit unter Mattis Mitleidsgrenze. Ich glaube, das Ding ist kaputt. Matti glaubt das nicht. Sie unterstellt mir, dass ich mich vor der Mathearbeit drücken will, die heute ansteht. Sagen wir mal so: Wenn ich nicht dabei wäre, wäre es kein Weltuntergang. Ich bin nämlich null vorbereitet. Wobei das eigentlich egal ist, denn auch mit Vorbereitung verstehe ich den Quatsch nicht.

Jetzt sitze ich also hier und starre auf den Bogen vor mir. Bahnhof. Böhmische Dörfer. Hieroglyphen. Gibt es noch andere Ausdrücke für Sachen, die einem völlig fremd sind?

Mein Hals tut immer noch weh. Meine Nase tropft. Vor mir türmen sich gebrauchte Taschentücher. Eklig, ich weiß, aber nicht zu ändern.

Ich schiele heimlich zu Bella rüber. Dass die in Mathe immer fit ist, nützt mir leider gar nichts. Auf ihrem Zettel prangt ein B, auf meinem steht fett A. Verschiedene Aufgaben – kleine Gehässigkeit vom Moser, damit wir nicht

abschreiben können. Der sitzt grinsend vorne am Pult und guckt auf die Uhr.
„In fünfzehn Minuten ist Abgabe“, verkündet er.
Was für eine Info! Wenn man nichts weiß, hilft einem auch eine Viertelstunde nicht weiter. Ich könnte genauso gut gleich abgeben und eine 5 kassieren. Und das Theater mit Matti gleich mit. Oh shit, hoffentlich verbietet sie mir zur Strafe nicht das Gitarrespielen. Und brummt mir stattdessen Nachhilfestunden auf, oh Gott! Ich schreib lieber irgendwas hin. Vielleicht stimmt es ja sogar. Und wenn nicht, zeigt es zumindest: Joy war immer sehr bemüht.

Mensch, Joy - hör auf zu schnaufen! So kann ja kein Schwein nachdenken.

Bella: Joy macht mich verrückt mit ihrer Erkältung – muss sie denn gleich den sterbenden Schwan spielen? Dabei fällt es mir heute sowieso schwer, mich zu konzentrieren. Meine Gedanken schweifen immer ab. Schlecht geschlafen habe ich auch, bin immer wieder aufgewacht. Seltsam, Vollmond ist doch längst vorbei. Aber weil ich schon mal wach war, habe ich ein bisschen über Mick nachgedacht.
Warum findet der mich eigentlich süß? Warum mich und nicht Joy? Äußerlich gibt es kaum einen Unterschied. Es ist offenbar genau so, wie ich vermutet habe: Er ist eine sensible Seele, die in das Innerste der Menschen hineinsieht. Und was findet er da bei mir? Einen ziemlichen Schisser, wie Joy

meint, der es nicht mal fertigbringt, vor ein paar Leuten auf einer Bühne ein Gedicht vorzutragen. Okay, da hat sie nicht Unrecht, aber ein Schisser muss ja nichts Negatives sein. Ich habe die halbe Nacht überlegt, was an einem Schisser besser ist als an einem Draufgänger, und ich bin zu folgenden Ergebnissen gelangt:

1. Schisser sind **klug**. Sie wissen um die Gefahren, die überall lauern und gehen ihnen aus dem Weg. Vorsicht ist nämlich keine Feigheit, sondern die höchste Form der Intelligenz.
2. Schisser sind **rücksichtsvoll**. Sie drängeln sich nicht in den Vordergrund, sondern geben anderen die Möglichkeit, sich zu profilieren.
3. Schisser sind **niemals neidisch**. Können sie auch nicht sein, siehe Punkt 2. Da sie immer freiwillig in der zweiten Reihe stehen, müssen sie den anderen ihren Erfolg auch gönnen.

Schisser sind also echt gute Leute und deshalb sollte man sie nicht länger Schisser nennen und schon gar nicht Feiglinge, sondern …

Mist, die Zeit ist um! Der Moser sammelt die Zettel ein. So leer wie heute war meiner noch nie. Herr Moser wirft einen kurzen Blick drauf und fragt besorgt: „Was ist los mit dir, Bella? Geht es dir nicht gut?“

Das ist echt nicht zu fassen! Ich rotze mich hier fast zu Tode und der fragt Bella, ob es ihr nicht gut geht!

Dad hat angerufen und gesagt, dass es ihm ja SOOO leid tat neulich und dass die ganze Sitzung sehr anstrengend war und er erst mitten in der Nacht wieder zu Hause war. Zu Hause, das klingt immer noch komisch, weil sein Zuhause ja jetzt so weit weg ist.

Und er hat Joy und mich eingeladen! Ob wir nicht Lust hätten, ihn zu besuchen und uns seine Wohnung endlich mal anzusehen, vielleicht am nächsten Wochenende? Wir könnten was Schönes zusammen machen und er würde kochen und uns Berlin zeigen.

Natürlich habe ich Lust, ich freue mich schon riesig! Ganz im Gegenteil zu Matti. „Auch das noch!“, hat sie gesagt und seltsam geguckt.

Dann hat sie sich ein bisschen mit Oma gezofft, denn Oma freut sich auch.

„Na bitte, ich sag es doch immer: Mein Junge ist ein guter Vater!“, hat Oma gesagt. „Verantwortungsbewusst und treu, er denkt nur an seine Familie.“

Matti trank gerade einen Kaffee und hat sich fürchterlich verschluckt. „Das ist mir neu“, hat sie schließlich gemurmelt. „Aber egal. Viel wichtiger ist, dass Bella und Joy schlecht alleine fahren können, und ich denke nicht daran mitzukommen.“

Joy protestierte, natürlich.

„Wieso können wir nicht alleine fahren?“

„Weil ihr noch nicht mal dreizehn seid“, antwortete Matti.

„Na und? Darf man erst ab dreizehn die deutsche Bundesbahn benutzen?“

In Matti brach die Erzieherin durch. „Natürlich nicht. Aber mit nicht mal dreizehn seid ihr eben noch nicht erwachsen. Und da ist es unüblich, ohne Begleitperson durch die Welt zu reisen."

„Dann komme ich mit!", rief Oma mit leuchtenden Augen. „Ich habe meinen Jungen so lange nicht gesehen."

Was Joy jetzt dachte, stand ihr deutlich ins Gesicht geschrieben. Es war, als ob zwei Denkblasen über ihrem Kopf schwebten.

Joy: Von wegen – ich sei nicht diplomatisch! Ganz lieb hab ich Matti erklärt, dass es gut für unsere Entwicklung ist, wenn Bella und ich den Kontakt zu unserem Vater aufrechterhalten. Klingt überzeugend, oder? Dass wir zwei zuverlässige und ordentliche Mädchen sind. Und dass so eine weite Reise für Oma viel zu anstrengend wäre. Man denke doch nur mal an ihren Blutdruck! Dagegen konnte Oma nichts sagen, aber sie hat böse geguckt. Matti meinte schließlich: „Na gut, ich überlege es mir. Aber nur, wenn du bis dahin wieder gesund bist."
Ach nee – bisher hielt sie mich ja gar nicht für krank!
Aber ay ay Käpt'n, das krieg ich hin. Und dann hat Matti keine Ausrede mehr.

-16.-

Joy: Wenn man krank ist, will man nur eins: seine Ruhe. Und genau die fehlt mir, obwohl ich doch tatsächlich heute zu Hause bleiben darf.
„Du willst nach Berlin, oder nicht?“, hat Oma gefragt.
Na klar, will ich das!
„Na also. Dann müssen wir sehen, dass deine Erkältung verschwindet, sonst ...“
Den Rest ließ Oma offen. Sie lächelte nur bedeutungsschwer. Sie will unbedingt, dass wir zu Dad fahren, in dem Punkt sind wir Verbündete. Deshalb habe ich fast alles klaglos ertragen, was sie mit mir angestellt hat. Die eiskalten Wadenwickel, bei denen sich einem alles zusammenzieht. Das Kamillendampfbad mit Tuch überm Kopf, das den Rotz in Strömen nach draußen befördert. Und die Gesundheitssuppe: Bouillon mit Huhn, mit dicken Fettaugen drauf.

Aber jetzt reicht's. Heiße Milch mit Honig trinke ich nicht. Beim ersten Schluck müsste ich kotzen! Ich schütte das Zeug heimlich ins Klo und dann verstecke ich Omas Pillen, nur so aus Spaß und aus Rache. Dann ist sie nachher mit Suchen beschäftigt und ich kann in Ruhe schlafen.

Bella: Ohne Joy in der Schule zu sein, ist ziemlich seltsam. Die Mathearbeit hätte ich auch lieber mit ihr gemeinsam zurückbekommen. Joy hätte bestimmt bloß gelacht und gesagt, dass eine Vier minus kein Beinbruch ist, ganz im Gegenteil: Andere würden sich darüber freuen. Ich nicht, ich hatte noch nie eine so schlechte Note und ich ärgere mich darüber, denn ich mache gern alles gut und richtig. Ich weiß immer noch nicht, was an dem Tag eigentlich mit mir los war. Gleich proben die SHARkX wieder. Soll ich hingehen – ohne Joy? Eigentlich hab ich da alleine gar nichts zu suchen, aber vielleicht ja doch ... es kann zumindest nicht schaden, wenn ich mich kurz blicken lasse.

Der Musikraum ist leer, keiner ist da. Nur Moritz sitzt hinterm Keyboard, liest einen Comic und bohrt in der Nase. Er begrüßt mich freudestrahlend: „Hi, da bist du ja! Die Probe fällt aus, irgendwie sind alle erkältet. Ich bin auch nur da, um euch das zu sagen, damit ihr euch nicht wundert."

In mir kämpfen zwei Gefühle: Das eine ist so was wie Freude, weil Joy und ich offenbar schon so weit dazugehören, dass man uns informiert. Und das andere fühlt sich an wie Enttäuschung, ich weiß nicht, weshalb.

„Wollen wir in die Cafeteria gehen?“, fragt Moritz.

„Warum?“, frage ich zurück.

„Naja … wir haben doch jetzt Zeit …“.

So viel Zeit nun auch wieder nicht, dass ich die gern mit Moritz verbringe, nein danke, nicht mal Joy zuliebe! Aber weil ich nett bin, formuliere ich es anders.

„Tut mir leid, heute nicht. Joy ist auch krank und ich muss mich um sie kümmern. Ein anderes Mal gern.“

Und dann stelle ich voller Erleichterung fest, dass es Leute gibt, die genauso schissig drauf sind wie ich, denn Moritz verschwindet in Windeseile mit rotem Kopf und stolpert fast dabei. Vielleicht sollte ich ihn mal an unserem A-L-Training teilnehmen lassen.

Auf dem Keyboard liegt eine schwarze Mappe. Moritz hat sie bei seinem überstürzten Aufbruch vergessen.

Ich bin nicht neugierig, wirklich nicht, aber irgendwie sagt mir mein Gefühl, dass ich da mal reinschauen sollte. Und mein Gefühl täuscht mich nicht. In der Mappe ist ein wahrer Schatz. Es sind Lead-Sheets für alle Stücke, die die SHARkX beim Schulfest spielen werden: alle Noten für Keyboard, Bass und Gitarre.

Für die E-Gitarre …

Ich bin immer, **IMMER** ehrlich. Ich hasse es, etwas Unrechtes zu tun, und es ist völlig klar, dass ich als Nächstes hinter Moritz herlaufen und ihm seine Noten geben werde.

Aber … Nein, ich tue es nicht.

Denn ich kenne jemanden, der sich tierisch über diese Noten freuen wird. Ich greife mir die Mappe, schleiche aus

dem Musikraum, blicke mich verstohlen um. Niemand zu sehen. Mein Herz klopft bis zum Hals. Nicht auszudenken, was passiert, wenn mich jemand erwischt! Wenn jemand schreiend hinter mir herläuft: „Haltet den Dieb!"
Aber wer sollte das tun? Höchstens Moritz. Dem würde ich einfach sagen, dass ich ihm gerade seine Noten wiedergeben wollte.
Trotzdem fühle ich mich schlecht, ganz schlecht …

Das war ja so was von stark von Bella! Ich bin total stolz auf meine Schwester.

Joy: Und sie selber ist es auch, weil sie so mutig war. Mensch, Bella, es geht aufwärts!
„Quatsch, das ist kein Diebstahl!", hab ich sie beruhigt, „höchstens Mundraub."
Ich glaube, so heißt das, wenn jemand was klaut, was er dringend zum Leben braucht. Und ich brauche diese Noten sehr dringend. Ich werde sie kopieren und kann dann endlich gezielt üben. Beim nächsten Treffen fliegen den SHARkX die Schuhe weg, weil ich jeden einzelnen Song von ihnen PERFEKT spielen werde. Wie Chiara dann wohl blöd guckt?
Aber erst mal geht's nach Berlin. Das Fieber ist runter, ich bin fast wieder fit. Matti guckt zwar immer noch skeptisch. Sie glaubt, ich hätte das Thermometer geschrottet, damit es nicht richtig anzeigt. Darüber ist Oma schwer beleidigt.

„So was darf man niemandem unterstellen!“, protestiert sie. „Es ist einzig und allein meiner guten Pflege zu verdanken, dass das Kind so schnell genesen ist.“
Doch ich weiß, was die wahre Ursache ist: mein starker Wille.

Jaja, da glaub du nur dran! In Wahrheit liegt es an den kosmischen Kräften, die unser Leben bestimmen. Eines Tages wirst du das hoffentlich kapieren. Guck mal hier, unser Horoskop für die nächsten Tage. Klingt nicht schlecht, oder?

– 17. –

Wolken ziehen

Bella: Wir haben es tatsächlich geschafft – wir sitzen im Zug nach Berlin. Joy röchelt noch ganz schön, deshalb sind die Plätze um uns herum alle leer. Matti hat uns zum Bahnhof gebracht und persönlich in den Zug gesetzt und dann am Bahnsteig gewartet, bis er losfuhr. Dann hat sie ganz lange wehmütig gewunken, wie jedes Mal, wenn es auf Klassenreise ging und Matti so tat, als sei es ein Abschied für immer. Am liebsten hätte sie uns Schilder umgehängt mit unseren Namen und der Adresse drauf, damit wir nicht verloren gehen.

„Wir sind doch keine Babys mehr!“, hat Joy geknurrt.

In Berlin holt Dad uns vom Bahnhof ab und zwischendurch steigen wir einfach nicht aus, dann kann überhaupt nichts passieren.

„Es sei denn, wir ziehen die Notbremse!“

Das hat Joy nur gesagt, um Matti ein bisschen zu ärgern. Nicht gerade nett von ihr.

Matti stellt sich an! Wir fahren schließlich nicht nach Timbuktu. Obwohl — das wäre auch kein Problem.

Ich glaube, es ist gar nicht die Fahrt, die Matti Sorgen bereitet. Es ist ihr unheimlich, dass wir jetzt zwei Tage mit Dad allein sind. Weil sie nicht weiß, ob Dad vielleicht so supertolle Sachen mit uns macht, dass wir gar nicht wieder zurückkommen wollen, und dann wäre Matti furchtbar traurig.

Aber deswegen muss man doch nicht schon vorher traurig sein! Erst mal abwarten, was so passiert.

Joy: Wir wollten Dad was Schönes mitbringen. Irgendetwas, was er mag. Was ihn an uns erinnert. Und worüber er sich freut. Da sind wir auf die Chianti-Flasche gekommen. Die gibt es schon, solange wir auf der Welt sind und noch viel länger: eine dicke Weinflasche mit einem Korbgeflecht drum herum, die irgendwann zum Kerzenhalter wurde und über und über mit Wachs bekleckert ist. Seit ich denken kann, steht das Ding bei uns in der Küche. Und genauso lange fordert Matti schon: „Wirf endlich diese Scheußlichkeit weg!"
Dad hat sich immer geweigert. Die Flasche stammt noch aus seinen Studententagen und sein Herz hängt daran, hat er gesagt. „Es gibt Dinge, von denen kann man sich einfach nicht trennen."

Konnte er dann aber doch, jedenfalls ist er ohne Chianti-Flasche nach Berlin gezogen.

Wahrscheinlich hat er sie einfach vergessen und freut sich, dass wir sie ihm mitbringen. Oma hat die Flasche liebevoll in Zeitungspapier gewickelt, damit sie die Reise heil übersteht. Matti hat nur das Gesicht verzogen. Als die Flasche wie eine Mumie aussah, hat Matti sie wortlos in eine Plastiktüte gestopft.

Genau diese Tüte rutscht jetzt über unseren Köpfen in jeder Kurve hin und her. Das nervt! Genauso wie Bella, die alle paar Minuten ihr Handy rausholt.
„Wartest du auf eine Nachricht?“
„Nö“, sagt sie und wird rot. Irgendwie tickt Bella im Moment echt komisch.
„Was ist denn los?“, will ich wissen.
„Was soll denn los sein?“, fragt sie zurück.
Eine Weile glotzen wir stumm aus dem Fenster. Aber das ist langweilig. Und außerdem will ich was besprechen.
„Wenn ich das nächste Mal bei den SHARkX vorspiele, kann ich alle Songs. Mit deiner freundlichen Hilfe“, sage ich.
Bella nickt bloß und guckt aufs Handy. Ich lasse nicht locker.
„Ich brauche aber die Chance, wirklich zu spielen. Das heißt: Chiara darf am Anfang nicht dabei sein. Dann lege ich los, überzeuge die Jungs und die Sache ist gebongt.“

Und was willst du mir damit sagen?

Ah, gut – Bella hat kapiert.
„Dass du Chiara ablenken musst. Sie rauslocken. Festhalten. Am Stuhl festbinden. Von mir aus entführen ..."
Jetzt lächelt Bella immerhin. „Prima Vorstellung! Okay, ich mach mit. Ich rufe Chiara zu Beginn der Probe an und sage, draußen wartet jemand von MTV und will ein Interview mit ihr machen. Was glaubst du, wie schnell die dann rausflitzt!"
Und wie um mir zu beweisen, dass sie tatsächlich telefonieren kann, fummelt Bella wieder das Handy raus. Und da macht es plötzlich bei mir KLICK ...
Ich springe auf und reiße Bella hoch.
„So, Schwesterherz, jetzt werden wir diese langweilige Fahrt mal für was Vernünftiges nutzen."
„He, ich find's nicht langweilig!", protestiert Bella. „Ich sehe gern aus dem Fenster. Wie sich die Landschaft verändert, wie die Wolken vorbeiziehen ..."
Ja, super – alles später! Jetzt kommt ... A-L-Training Teil 3!

Immer muss ich tun, was Joy sagt! Langsam stinkt mir das.

Bella: Der Speisewagen ist proppenvoll. Offenbar will sich jeder Fahrgast zwischen Hamburg und Berlin den Bauch vollschlagen.

„Gut!", sagt Joy zufrieden.

Ich weiß, ich weiß. Je mehr Leute zugucken, wenn ich mich blamiere, umso besser. Und ich mach's. Ich habe zugestimmt. Wer A sagt, muss auch B sagen und ich will, WILL, **WILL**!! endlich diese blöde Schüchternheit und das Lampenfieber loswerden. Also steuere ich auf den ersten Tisch zu. Da sitzt ein Paar, schlürft Gulaschsuppe und ahnt nichts Böses.

„Entschuldigung ...", piepse ich.

Die Leute sehen mich fragend an.

„Lauter!", fordert Joy.

„Tschuldigung – hab ich zufällig hier mein Handy liegen gelassen?"

Die Frau guckt suchend auf dem Tisch herum, der Mann betrachtet den Platz neben sich. „Wie sieht es denn aus?"

„Pink, eigentlich nicht zu übersehen."

„Nein, tut uns leid."

„Aber es muss hier irgendwo sein", behaupte ich. „Darf ich?"

Ich hebe die Teller hoch, schiebe die Gläser zur Seite, lüfte die Servietten. Die Leute gucken irritiert, aber ich ignoriere das heldenhaft. „Vielleicht ist es runtergerutscht?"

Ich krabble unter den Tisch, winde mich zwischen den Menschen und den Stuhlbeinen hindurch. Ich kitzle den Mann an den Füßen, schaue der Frau unter den Rock und weiß genau, dass Joy da oben mit strengem Blick zusieht.

„Also hör mal, was machst du denn da?", ruft der Mann empört. „Komm sofort da raus!"

Ich gehorche und stoße mit dem Kopf gegen den Tisch. Prompt kippt ein Weinglas um. Ups, das war nicht geplant! Eine dunkelrote Lache schlängelt sich unaufhaltsam übers Tischtuch und landet auf dem Rock der Dame. Sie springt entsetzt auf und stößt einen spitzen Schrei aus.
„Rotwein geht nie wieder raus!“, jammert sie.
„Doch!“, sage ich und kippe entschlossen den Inhalt des Salzstreuers über ihren Rock, denn das hab ich mal von Matti gelernt. Da kommt der Kellner angelaufen.
„Schluss jetzt!“, ruft er energisch.
„Lass die Leute in Ruhe essen! Wenn wir dein Handy finden, kannst du es im Fundbüro abholen.“ Klar, der hat Angst um sein Trinkgeld, wenn die Leute angenervt sind. Aber Joy macht wilde Zeichen, dass ich nicht aufgeben darf.

„Ich gehe nicht ohne mein Handy!“, rufe ich laut und steuere entschlossen auf den nächsten Tisch zu, um dort dieselbe Vorstellung abzuziehen. Alle Leute gucken inzwischen neugierig zu mir rüber. Der Kellner versucht, mich mit sanftem Druck Richtung Tür zu bugsieren. Ich protestiere und Joy kommt mir zu Hilfe.

„Lassen Sie sofort meine Schwester los, sonst holen wir die Polizei!"

„Das sollten wir sowieso tun", rufe ich und meine Stimme überschlägt sich, „wahrscheinlich hat das Handy irgendeiner hier geklaut." Und dann mustere ich die Leute, einen nach dem anderen, wie die Kommissarin im Krimi. Stumm, lauernd, wissend – der Lösung auf der Spur …

Plötzlich steht ein junger Typ auf und schlendert auf mich zu. Mit spitzen Fingern zieht er was Pinkfarbenes aus der Tasche meiner Jeans und reicht es mir mit frechem Grinsen.

„Meinst du zufällig das hier?"

„Oh super – danke!", murmele ich und werde knallrot. Dann verlasse ich den Speisewagen, so schnell es nur geht. Ich schwöre bei Gott und bei allem, was man beschwören kann, dass es bestimmt definitiv endgültig das allerletzte Mal war, dass ich bei diesem saublöden Training mitgemacht habe, denn bei allem guten Willen, das war wieder mal oberoberober …

Peinlich, ich weiß. Aber du wirst immer besser, echt. Nicht aufgeben, Bella! Übrigens sind wir gleich da.

Joy: Oh Scheiße, da fällt mir was ein!

Omas Tabletten sind noch immer versteckt. Sie hatte die gar nicht vermisst. Aber wenn sie sie jetzt plötzlich braucht ...

Schnell Matti anrufen! Die wird zwar schimpfen, weil wir

Oma nicht ärgern sollen. Aber andererseits freut sie sich bestimmt halbtot, dass sie schon nach einer Stunde was von uns hört.
Oh nein, ich krieg die Krise: Mein Guthaben ist alle. Es wird echt höchste Zeit, dass Bella und ich vernünftige Handys kriegen, nicht immer den abgelegten Schrott von Matti und Dad!

Freu dich, dass du überhaupt eins hast.

Bella: Meins geht auch nicht, der Akku ist leer. Kein Wunder, dass nichts mehr ankommt, keine SMS und gar nichts. Nicht, dass ich auf etwas warte, bestimmt nicht. Allerdings hab ich schon überlegt, ob ich neulich nicht doch hätte antworten sollen. Oder einfach mal fragen, wie es ihm geht, weil er ja nicht mal bei der Probe war. Vielleicht hält er mich jetzt für ein gefühlskaltes Wesen, oberflächlich und dumm, und denkt, er hätte sich in mir getäuscht …

– 18. –

Bella: Dad fährt ein großes, schickes Auto und mit dem kutschiert er uns quer durch die Stadt. Er zeigt uns das Haus, in dem die Politiker sitzen, und viele andere Sachen, die man gar nicht alle so schnell behalten kann. Joy sitzt vorn neben ihm und drückt sich die Nase an der Scheibe platt, um auch ja alles mitzukriegen. Ich sitze hinten und drücke meine Nase in Dads Nacken. Er riecht noch genauso gut wie früher, nach dem After Shave, das Matti ihm immer geschenkt hat. Das finde ich beruhigend.

Irgendwann sind wir müde vom Gucken und fahren in Dads Wohnung.

„Alles ganz bescheiden, nur ein Einzimmerappartement", hat er gesagt und mir fast schon leidgetan.

Jetzt nicht mehr. Denn das bescheidene Zimmerchen entpuppt sich als riesiges Loft mit Blick über die Dächer der Stadt.

Alles ist hell, groß, weit, offen. So hell, groß, weit und offen wird es bei uns zu Hause niemals aussehen, selbst wenn wir hundert Jahre lang renovieren.

„Was ist mit dem Klo …?“, fragt Joy vorsichtig. Das hat Wände, zum Glück, da ist man allein. In einem superedlen Badezimmer mit Designerklo und allem Schnickschnack.
„Na?“, fragt Dad und sieht uns erwartungsvoll an.
Ich betrachte die wenigen Möbel, die hier rumstehen. Glas, Chrom, Leder, nichts von wegen Ikea-Sofas. Dads alten Bücherschrank kann ich mir hier nicht gut vorstellen.

Da fällt mir was ein …

Joy: Wir haben Dad die Chianti-Mumie überreicht. Beim Auspacken war er noch gespannt. Als er die Flasche dann sah, hat er gelacht, aber es klang irgendwie nicht echt. Er hat sie auf den Kühlschrank gestellt – mit Crushed Ice-Spender, geiles Teil! – und dann gerufen: „Papa kocht heute Papardelle!“, ein Uralt-Joke von uns. Soll heißen: Dad kocht heute Nudeln.

Wir sitzen auf den coolen Barhockern am Tresen und sehen Dad beim Kochen zu. Er schnippelt Gemüse klein und brät Hackfleisch an, alles genau wie früher. Da scheint auch die todschicke Küche nichts dran verdorben zu haben.

Dad riecht so wie früher, er kocht wie früher, eigentlich hat sich gar nicht viel verändert …

Bella: Dad hat gefragt, wie es Matti so geht und wie es bei uns in der Schule läuft und gerade will ich anfangen, ihm von dem Jubiläum zu erzählen, von den SHARkX und von

meinem Gedicht, da klingelt es an der Tür. Ich weiß nicht, ob Dad von dem Besuch wirklich überrascht ist, jedenfalls tut er so.
„Ach, du bist es, Svenja, wie schön, komm rein!"
Mit Küsschen links und Küsschen rechts begrüßt Dad eine junge Frau und genau in diesem Moment ist es vorbei mit der guten Stimmung.

SVENJA. Wenn es einen blöderen Namen gibt, als Chiara, dann den: Svenja.

Joy: Noch bevor Svenja auch nur einen Schritt in die Wohnung macht, hat sie schon bei mir verschissen. Denn sie ist groß, schlank, blond und sieht so aus, wie Jenni wahnsinnig gern aussehen würde. Irgendwie ahne ich es sofort: DIE BRINGT ÄRGER.
Svenja kommt mit Zahnpasta-Lächeln auf mich zu und reicht mir die Hand. „Hi, ich bin Svenja!"
Ich lasse meine in der Hosentasche und sage nichts. Sie kann ja mal raten, wer ich bin. Dad legt die Stirn in Falten, wie immer, wenn ihm was nicht passt.
„Svenja ist meine Assistentin", erklärt er.
„Ah ja. Bei was assistiert sie dir denn?", will ich wissen.
„Bei der Arbeit natürlich", sagt Dad. „Das gehört zum neuen Job dazu, Firmenwagen und Assistenz."
Okay. Aber was macht „die Assistenz" Samstagabend in Dads Wohnung?

„Svenja war so liebenswürdig und hat mir in Berlin ganz viel gezeigt“, versucht Dad zu retten. „War ja alles neu hier für mich. Und weil sie Kinder über alles liebt, habe ich Svenja gebeten, sich für euch ein Programm auszudenken.“

Oh geil! Ein Kinderprogramm von der netten Tante Svenja. Das ist ja wohl nicht wahr!

Bella versucht zu vermitteln. Muss sie immer so scheißhöflich sein?

„Was denn?“, fragt sie angeblich interessiert.

Svenja legt los: „Also, wir frühstücken erst mal gemütlich, dann fahren wir in den Zoo. Danach geht's auf den Fernsehturm rauf, die Stadt von oben ansehen. Anschließend könnten wir eine Bootsfahrt machen oder, wenn's regnet, ins Kino gehen.“

Svenja sieht Bella und mich mit großen Kulleraugen an. Wahrscheinlich erwartet sie, dass wir vor Begeisterung in die Hände klatschen und rufen: „Oh, wie toll!“

Aber das tun wir nicht. Und zwar deshalb nicht, weil Dad in diesem Moment liebevoll seine Hand auf Svenjas rot lackierte Fingerchen legt und ihr zustimmend zunickt.

Stimmt, das hab ich auch gesehen. Und ich finde das genauso doof wie Joy, denn da gehört seine Hand nicht hin.

Bella: Plötzlich zieht ein Gestank durch die Wohnung und Dad stürzt zum Herd. Das ganze Essen ist verbrannt und muss in den Müll. Wenn Matti hier gewesen wäre, hätte sie garantiert geschimpft, weil Dad manchmal so schusselig ist und man die Töpfe nicht wieder sauber kriegt, wenn alles so dick anbrennt.

Aber Svenja lächelt nur milde und sagt: „Gehen wir eben zum Italiener. Da gibt es auch leckere Nudeln."

Der Wirt heißt Paolino und er begrüßt Dad so überschwänglich, als ob er mindestens jeden zweiten Abend dort verbringt.

„Aah, Signor Thomas – va bene, va bene?"

Und bei Svenja klingt es so, als ob sie mindestens jeden dritten Abend dabei ist.

„Signora Svenja, bellissima, dasselbe wie immer?"
Das reicht, um Joy und mir gründlich den Appetit zu verderben.

Ich habe nicht mal Bock auf Tiramisu und das will was heißen.

Svenja gibt sich alle Mühe, um ein Gespräch in Gang zu bringen, und Dad unterstützt sie nach Kräften, aber das nützt alles nichts. Joy hat sämtliche Register der schlechten Manieren gezogen: Ellbogen auf dem Tisch, hinlümmeln, schmatzen, schlürfen und mit der Hand die Nase putzen. Irgendwann verstummt Svenja beleidigt und ist nur noch mit ihrer Espressotasse beschäftigt. Dad ist sauer, das kann man sehen. Ich glaube, er hält uns für undankbar.
Aber das sind wir gar nicht. Svenjas Programm war auch eigentlich nicht schlecht und wir hätten es viel eher akzeptiert, wenn sie nicht dauernd „wir" gesagt hätte. Aber so? Geht das gar nicht.

Joy: Wir liegen auf den schneeweißen Designer-Sofas, woanders ist ja kein Platz. Arschunbequem, die Dinger! Dagegen ist das alte Besuchersofa zu Hause gemütlich wie ein Himmelbett.
Außerdem sieht man jeden Schokoladenfleck auf den schnieken Teilen. Wir müssen morgen früh Kissen auf die schlimmsten Stellen legen, sonst gibt es Ärger!

Wir gucken „Fluch der Karibik“, Bella und ich, und zwar alle Folgen von Anfang bis Ende. Der riesige Fernseher ist geil! Man erkennt jedes Barthaar von Käpt’n Jack Sparrow.
„Wollt ihr nicht endlich mal schlafen?“, hat Dad gegen Mitternacht gefragt.
Nee, wollen wir nicht.
„Bei Matti dürfen wir fernsehen, solange wir wollen“, hab ich frech behauptet. Dad hat es tatsächlich geglaubt. Und weil er auf keinen Fall als Wochenend-Papi strenger sein will als sie, glotzen wir jetzt immer noch.
Dad hat sich die Decke über die Ohren gezogen und schnarcht. Es war ein anstrengender Abend für ihn. Für uns aber auch. Als Svenja endlich nach Hause ging, waren alle froh. Sie selber wahrscheinlich am meisten. Selbst schuld! Schließlich hat keiner sie gezwungen, Dads Assistentin zu sein. Oder was auch immer.

- 19. -

Bella: Wir haben dann tatsächlich das Svenja-Kinderprogramm gemacht, nur mit einer klitzekleinen, aber nicht unwesentlichen Änderung: Svenja war nicht dabei. Dad hat wohl selber gemerkt, dass da irgendwas nicht passte. Es war ein richtig schöner Tag und als Dad uns abends zum Bahnhof brachte, hatte er Tränen in den Augen, ich auch und Joy auch, aber bei ihr bin ich mir nicht sicher, ob es nicht doch an der Erkältung lag.

„Kommt ihr bald mal wieder?“, hat Dad gefragt.

Ja, natürlich! Oder …? Vielleicht ist es besser, wenn er uns besuchen kommt, zumindest ist das einfacher.

Vor dem Bahnhof sitzt ein Typ mit Rastalocken und Gitarre und singt: „Bye bye, Miss American Pie …“ Joy steht da und hört ihm versonnen zu. Ich wusste gar nicht, dass Joy auf Oldies steht, aber der Song ist wirklich schön.

Der Song ist eine grauenvolle Schnulze aus dem letzten Jahrhundert. Aber er bringt mich auf eine gute Idee …

Joy: Dad muss noch arbeiten. Deshalb hat er uns nur schnell abgesetzt und ist weitergefahren. Und jetzt haben wir jede Menge Zeit, Schwesterherz! Und zwar für A-L-Training Teil 4.

Joy, unser Zug fährt gleich -

Na und? Der nächste kommt in einer Stunde. Warum muss ich Bella eigentlich immer zu ihrem Glück zwingen? Ich ziehe sie zu dem Typen mit der Gitarre und wir stellen uns daneben. Er guckt ein bisschen irritiert, aber er spielt weiter. Ich fange an zu singen: „Bye bye, Miss American Pie."
Ich stoße Bella an. „Los, mach mit!"
„Ich kenn den Text doch gar nicht!", protestiert sie. Natürlich!
„Ist doch egal, sing irgendwas, irgendwie! Trallala, lalala – Hauptsache, laut!"
Bella weiß inzwischen, dass Widerstand zwecklos ist. Sie fügt sich in ihr Schicksal und brummelt leise vor sich hin.
„Lauter!"
Bella gehorcht, aber mit zunehmender Lautstärke wird ihr Gesicht immer roter; ein komischer Zusammenhang. Irgendwann ist das Lied zu Ende und Mister Rasta sieht uns zweifelnd an. Aber dann überlegt er wohl, dass zwei hübsche Mädchen seiner Vorstellung nur guttun und stimmt einen neuen Song an. Den kenne ich, den spielen die SHARkX auch: Yesterday. Nur dass die SHARkX da viel mehr Pfeffer reinbringen, aber was soll's. Wichtig ist

nur Bella. Die summt vorsichtig mit. Ich kneife sie energisch in den Arm. Sie versteht das Signal und wird lauter. Es wäre gelogen zu behaupten, dass Bellas Singstimme besonders schön ist. Sie trifft auch nicht jeden Ton, genau genommen nicht mal jeden zweiten, aber darauf kommt es im Moment nicht an. Bella steht da und singt vor Publikum und das alleine zählt!

Obwohl, wenn man ehrlich ist, gibt es gar kein Publikum. Die Leute kümmern sich nicht um uns. Eilig hasten die vorüber, um ihre Züge zu erreichen. Nur manchmal guckt einer kurz zu uns rüber, als ob er denkt: „Die armen Mädchen werden von den Eltern zum Betteln auf die Straße geschickt, so eine Schande." Und einmal wirft eine alte Dame eine Münze in den Gitarrenkasten und sagt: „Das macht ihr aber schön! Wenn alle Jugendlichen so brav musizieren würden, statt Unfug anzustellen, dann wäre die Welt viel besser."

Ich sehe Bella an und freu mich. Das ist genau ihr Song! Romantisch und sanft – sie kennt jede Zeile. Ganz in sich versunken steht sie da, singt mit geschlossenen Augen vor sich hin und wiegt sich im Takt. Und sie merkt es gar nicht, als das Gitarrenspiel irgendwann aufhört. Laut und ziemlich falsch wiederholt sie die letzte Strophe.

Jetzt bleiben doch ein paar Leute stehen, starren Bella an und grinsen. He! Die sollen nicht über meine Schwester lachen!

Vorsichtig stoße ich Bella an. Sie öffnet die Augen und taucht wieder auf, wie aus einem Traum. Schlagartig erkennt sie die Situation und wird stumm wie ein Fisch. Und das ist der Moment, in dem sie am liebsten im Erdboden versinken würde.

Allerdings! Und zwar bis ganz tief unten, bis in die Hölle.

Bella: Der Typ mit der Gitarre funkelt mich böse an, denn wir stehlen ihm die Show und für meinen schrägen Gesang kriegt er keine Kohle. „Verpisst euch!", zischelt er leise.

Gerne, nichts lieber als das! Ich weiß, dass Joy erwartet, dass ich rumlaufe und Geld einsammle für meine peinliche Vorstellung eben, aber **DIESMAL SAGE ICH NEIN!** Ich marschiere schnurstracks zum Bahnsteig, warte auf den Zug nach Hamburg und mache den Mund für den Rest des Tages nicht mehr auf, ich schwör's.

-20.-

Joy: Zuhause hab ich erst mal einen Mordsschreck gekriegt. Das Gästebett war abgezogen, der Bücherschrank leer, Omas Koffer verschwunden.

„Wo ist Oma?"

„Weg", hat Matti nur gesagt.

Da rutschte mir das Herz in die Hose. Ich hatte Omas Pillen versteckt und in Berlin gar nicht mehr daran gedacht! Grauenvolle Bilder schossen mir durch den Kopf: Oma hat eine Herzattacke. Findet ihre Tabletten nicht. Wird mit Blaulicht ins Krankenhaus gebracht. Notaufnahme, Intensivstation ...

„Oma ist abgereist", erklärte Matti. „Fast hätte sie die goldene Hochzeit ihrer Nachbarn vergessen. Dabei hatte sie versprochen zu helfen. Ich soll euch ganz lieb grüßen und Weihnachten sehen wir sie wieder."

Oh Manno!
Vorsichtshalber hab ich gleich im Blumentopf nachgesehen – die Pillen waren weg. Oma hatte sie also selbst gefunden. Kein Wunder, im Suchen hat sie ja Erfahrung.
Mein Zimmer gehört jetzt wieder mir. Komplett mit durchgelegenem Gästebett, schwarzer Wand und altem Bücherschrank. Egal, es ist MEINS!
Ich nehme mir die Noten von Moritz vor und fange an zu spielen. Die Songs sind nicht leicht, aber ich werde es schaffen. Weil ich es will!

Oh nein, jetzt geht das wieder los!

Bella: Ich bin todmüde und würde gerne schlafen, aber Joy gibt keine Ruhe.
„Bei Dad durften wir die ganze Nacht fernsehen", hat sie cool behauptet, als Matti protestierte.
Das ist genial: Wir sagen dem einen, was wir bei dem anderen durften, dann überbieten sich beide gegenseitig mit Großzügigkeit. Das könnte man mit Geschenken auch so machen, zum Beispiel mit neuen Handys. „Dad hat uns ein Smartphone versprochen!"
Was Matti sich dann wohl einfallen lässt, um Dad zu toppen? Wenn wir Pech haben, sagt sie allerdings nur: „Wie schön für euch!" und keiner weiß, ob sie das wirklich so meint. Bislang jedenfalls müssen wir wohl oder übel mit den Uralt-Teilen leben.

Mein Akku ist wieder geladen und trotzdem habe ich keine neue Nachricht.
Ich setze mich ans Fenster und sehe in die Nacht hinaus. Es ist sternenklar, der Regen hat endlich aufgehört und die Straßen glänzen wie flüssiges Silber. Die Sterne spiegeln sich in den Pfützen und mir fällt etwas ein. Ein Gedicht. Ich schreibe es gleich auf:

Ich denke an dich
in der Nacht.
Ich hab mir Gedanken gemacht.
Geht es dir gut?
Ich möchte dich so viel fragen.
Ich hätte dir so viel zu sagen.
Ich weiß es ja, du hast mich auch gern.
Doch du bist so weit weg wie da oben der Stern.

Der letzte Satz ist natürlich Quatsch, aber es reimt sich so schön und ist das nicht das Wichtigste an einem Gedicht?

- 21. -

Das ist der Hammer! Das ist echt eine Überraschung.

Joy: Als wir aus der Schule kommen, ist ein Fremder in unserer Wohnung. Ein Kerl wie ein Bär mit weißem Overall, der über den Muckis ordentlich spannt. Er steht auf einer Leiter und streicht die Küchendecke.

„Das ist Holger", klärt Matti uns auf. „Holger ist Malermeister. Oma hat ihn uns spendiert, weil wir alleine ja nicht in die Pötte kommen. Holger ist sozusagen ein vorgezogenes Weihnachtsgeschenk von ihr."

Matti strahlt über das ganze Gesicht, Holger auch. Besonders, als Matti ihn fragt, ob er mit uns einen Kaffee trinken möchte.

Na klar will Holger das! Und bei der Gelegenheit weiht er uns gleich in die Psychologie der Farben ein.

„Eine Wohnung muss farblich zu ihren Bewohnern passen", sagt Holger. „Genau wie ein Kleid zu einer Frau. Oder wie die Haarfarbe zu ihren Augen."

Er wirft einen Blick auf Mattis neuen Rotton. *Kupfer* nennt sie ihn. Holger scheint er zu gefallen.

„Eure Mam hat ein gutes Feeling für Farben. Und sie ist ein warmherziger, fröhlicher Mensch. Deshalb habe ich ihr für die Küche einen Sonnenaufgang vorgeschlagen. Die Decke wird gelb, die Wände rot-orange. Das gibt Energie und vertreibt böse Geister."

Matti nickt begeistert.

Okay, okay. Als Matti mit uns über die neue Farbe für die Küche reden wollte, haben wir rumgezickt, ich weiß. Also sind wir selber schuld, wenn es in einem flammenden Inferno endet. Matti schenkt Holger noch eine Tasse Kaffee ein und ein bezauberndes Lächeln dazu.

Ich mag den nicht!

Ich mag keine Männer mit Knopf im Ohr, das ist so was von out. Außerdem redet er Blech. Überhaupt: Fürs Reden wird Holger ja nicht bezahlt! Und wie er den Rest der Wohnung streichen darf, entscheiden einzig und allein Bella und ich.

Ach ja? Also ehrlich, im Moment hab ich ganz andere Sorgen.

Bella: Im Moment wünsche ich mir nämlich sehnlichst, ich wäre allein auf der Welt. Ganz allein, ohne Schwester oder zumindest ohne so eine Schwester wie Joy, denn die geht mir grade voll auf die Nerven!!!

Was los ist? Sie hat mein Gedicht entdeckt. Das Nachtgedicht, das mit dem Stern von gestern Abend. Ich weiß ja selber, dass ich schon Besseres geschrieben habe. Aber das ist noch lange kein Grund, damit in der ganzen Wohnung rumzulaufen und sich lautstark darüber lustig zu machen! Überhaupt ist es eine Unverschämtheit, in meinen Sachen rumzuschnüffeln.

Ich hab nicht geschnüffelt! Das Ding lag für jeden sichtbar auf deinem Schreibtisch und hat laut geschrien: „Lies mich, bitte, bitte, lies mich!"

Joy: Und darüber lustig gemacht habe ich mich auch nicht. Nur gewundert. Wen hat Bella gern? Wer hat Bella gern? Da steckt doch mehr dahinter ... Und etwas verletzt war ich auch. Warum redet sie nicht mit mir darüber? Früher haben wir uns alles erzählt. Ob es daran liegt, dass wir nun zwei getrennte Zimmer haben? Aber wir können doch nicht bis zum Rentenalter zusammen im Etagenbett schlafen!

Bella: Ich erzähle, was ich will, und was ich nicht erzählen möchte, behalte ich für mich.

Mit Matti machen wir es doch genauso und damit hat Joy überhaupt kein Problem. Seit Tagen versucht Matti uns über Berlin auszufragen. Sie glaubt, dass sie sehr geschickt ist. Ist sie aber nicht. Wir merken genau, dass sie wissen will, wie Dad so lebt und was er macht und was er gesagt hat, doch wir sind stumm wie die Fische. Sollen Matti und Dad sich doch selber unterhalten! Von Svenja verraten wir sowieso kein Wort, die wird totgeschwiegen wie ein böser Bazillus. Nur dass die Chianti-Flasche jetzt auf einem ultracoolen, zwei Meter hohen amerikanischen Kühlschrank steht, das haben wir erzählt. Und Matti hat gelacht.

Sie lacht heute überhaupt ziemlich viel, ich glaube, das liegt an Holger. Joy mag ihn nicht, sie sagt, er ist ein Proll.

Ich finde das ganz schön überheblich von ihr, denn Holger arbeitet wie ein Tier und die Wohnung wird bald richtig gut aussehen. Und er ist nett. Nachmittags sitzen wir zusammen und trinken Kaffee und essen Kuchen und Holger langt kräftig zu, denn er hat immer Hunger, sagt er.

„Wer viel arbeitet, muss auch viel essen", hat Matti uns später erklärt und bemerkt, dass Holger ja keineswegs dick sei, sondern im Gegenteil wohlgeformt.

Wohlgeformt — würg!

Joy: Der Typ sieht aus, als ob er jeden Tag in die Mucki-Bude rennt. Und was dabei rauskommt, weiß man ja: Alles vom Gehirn rutscht runter in den Bizeps.

Joy, du bist so was von ungerecht! Das sind dumme Vorurteile.

Bella: Holger ist alles **andere** als blöd. Er hat zum Beispiel voll geschnallt, dass ich sauer auf Joy bin wegen ihrer Schnüffelei.

Er hat sich zu mir gesetzt und gefragt: „Was ist los? Willst du es erzählen? Manchmal tut es gut, mit einem Fremden zu sprechen, weil er nicht so nah dran ist an der Sache." Das fand ich unglaublich einfühlsam.

Und dann ist alles aus mir rausgeplatzt. Meine Angst vor dem Schulfest und dass ich inzwischen gar nicht mehr weiß, ob ich überhaupt noch Schriftstellerin werden will, jedenfalls nicht, wenn die ihre Gedichte vor allen Leuten vorlesen müssen. Und dass ich nicht mal mehr sicher bin, ob das, was ich schreibe, überhaupt gut ist oder vielmehr albernes Zeug, denn sonst hätte Joy sich ja nicht so darüber amüsiert.

Holger hat mir ruhig zugehört. „Was spricht denn gegen alberne Gedichte?", hat er dann gefragt. „Anspruchsvolle Literatur muss doch nicht vor Ernsthaftigkeit triefen. Hör mal zu:

An meinen Kaktus

Du alter Stachelkaks,
du bist kein Bohnerwachs.
Kein Gewächs,
das die Liebe sich pflückt,
sondern du bist nur
ein bisschen verrückt.

Na, was meinst du, von wem das ist?“

„Von dir?“, hab ich zurückgefragt.

Er hat gelacht. „Schön wär’s! Dann würde ich mein Geld nicht mit Streichen verdienen.“

Dann hat er erzählt, dass es ein Mann mit dem lustigen Namen Ringelnatz geschrieben hat, den eigentlich jedes Kind kennt. Und wenn ein so berühmter Mann wie der solchen Quatsch schreiben darf, dann darf ich das schon lange!

– 22. –

Joy: Holger macht sich hier ganz schön breit. Das passt mir nicht.
Bella findet ihn supernett und Matti sowieso. Heute hat sie sich zum Kaffeetrinken die neue Bluse angezogen und sich die Wimpern getuscht. Ich finde das reichlich übertrieben! Holger steckt seine Nase in alles rein, noch schlimmer als Oma. Hoffentlich ist er bald fertig!
Es sind nur noch ein paar Tage bis zum Schulfest und ich muss üben, üben, üben. Obwohl ich schon ziemlich gut bin! Ich kann fast alle Stücke, am besten die Ballade. Nur das Solo darin ist echt schwer. Ich spiele es wieder. Und wieder. Und wieder ...
Scheiße, wer stört mich da? Natürlich Holger. Ich sag doch, der steckt seine Nase in alles rein! Jetzt also in meine Tür.
„Raus!", knurre ich. Das ist unhöflich, ich weiß. Aber Holger ist hart im Nehmen.
„Gleich", sagt er ungerührt. „Darf ich mal?"
Er streckt seine Hand nach meiner Gitarre aus. Hey, was

soll das? Wahrscheinlich hat Matti ihn geschickt. Er soll mir die Gitarre wegnehmen, weil wieder mal alle genervt sind. Wie praktisch! Man schickt Superman vor, um selber keinen Ärger zu kriegen mit der aufsässigen Joy.

Aber Holger greift sich die Gitarre und fängt an zu spielen. Er spielt genau den Riff, der mir so schwerfällt. Das Solo. Und er spielt es mit einer Leichtigkeit ... Boaah! Dann fängt er leise an zu singen. Er hat eine tiefe, warme Stimme.

What will you do
when you get lonely
No one is waiting by
your side ...
Layla, you've got me
on my knees
Layla, darling won't
you ease my worried
mind?

Geil! Das klingt ja richtig gut. Tausendmal besser, als wenn Chiara das singt. Woher kennt er den Song?

„Wer kennt den nicht?“, grinst Holger. „Eric Clapton, unvergessen. Und unverschämt gut! Das kann man nicht nachmachen. Also spiel es auf deine Art, so wie nur Joy spielt! Leg Gefühl rein, sei dramatisch, bau Spannung auf. Du kannst es!“

Ich nehme alles zurück, was ich jemals Schlechtes über Holger gedacht habe. Ein Maler, der besser ist als Eric Clapton – der Mann ist sein Geld wert! Und wenn irgendjemand noch ein böses Wort über Holger sagt, kriegt er es mit mir zu tun!

Jetzt ist Joy happy, weil sie die Ballade endlich wie ein Profi beherrscht.

Bella: Seit Joy weiß, dass Holger in seiner Jugend auch in einer Band gespielt hat, ist er für sie der Größte. Er hat ihr versprochen, dass sie ab jetzt jeden Tag zusammen üben. Und ich bin happy, weil Joy und ich uns wieder vertragen haben, denn sie hat sich entschuldigt – naja, zumindest hat sie gesagt, dass mein Sternengedicht gar nicht so schlecht ist. „Ich war nur genervt, weil ich dachte, dass du Geheimnisse vor mir hast. Und ich schwöre, dass ich nie wieder in deinen Sachen rumschnüffle."
Glaub ich ihr natürlich nicht, dafür ist sie viel zu neugierig. Aber mein Geheimnis erfährt Joy nicht, auch wenn wir Zwillinge sind und eigentlich alles teilen.

Holger sagt, es ist kein Problem, die schwarze Wand wieder wegzukriegen. Zweimal streichen genügt. Er schlägt Lila vor, das würde zu mir passen. Mal sehen.

- 23. -

Joy: Ich bin Chiara auf dem Schulflur begegnet. Und sie hat sich doch tatsächlich dazu herabgelassen, mit mir zu reden.

„Hi, Joy!“, hat sie gesagt.

Ich hab mich schon gefreut, weil sie endlich meinen Namen kannte. Aber dann kam’s.

„Ich wollte dir nur sagen, dass du nicht mehr in den Musikraum kommen musst. Wir proben dort nicht mehr. Wir machen das jetzt privat und sehr *professional* (das hat sie ganz affig englisch ausgesprochen!). Immerhin geht es ja um was. Wir sehen uns dann also beim Schulfest. Ciao!“

Ich war baff.

Ich glotzte ihr

hinterher, wie sie den Flur langlief mit ihrem dicken Hintern in den zu engen Jeans.
Und ich hätte heulen können!
Privat? Wo? Wo ist es gleichzeitig privat und profeschjönell?
Wahrscheinlich bei Charly zu Hause. Der hat Geld wie Heu und seine Eltern haben ihrem kleinen Techno-Racker ein Tonstudio im Keller eingerichtet. Das weiß ich von Jenni. Keine Ahnung, woher die das hat, Jenni weiß alles. Aber ich kann doch nicht einfach bei Charly zu Hause auftauchen, ungefragt und uneingeladen. Das wäre Hausfriedensbruch oder so was. Und ich will nicht von der Polizei abtransportiert werden, wie peinlich wäre das denn! Ganz abgesehen davon, dass ich mir den Auftritt dann endgültig abschminken könnte. Allerdings habe ich den schlimmen Verdacht, dass ich das auch so kann.
ICH BIN RAUS.
Rausgekegelt von Chiara, dieser blöden Kuh!
Mir laufen Tränen über das Gesicht.
„Alles in Ordnung?"
Ich drehe mich um. Ich kenne den Jungen gar nicht, der das fragt. Und er ist offensichtlich heilfroh, als ich nicke und er beruhigt weitergehen kann.
Ja klar ist alles in Ordnung! Bestens! Ich hab mich noch niemals so gut gefühlt!!

Chiara, diese falsche Schlange! Verdrückt sich einfach und gibt Joy nicht mal eine Chance. Arme Joy!

Bella: Von den Jungs war das aber auch mies, das hätte ich nicht von ihnen gedacht. Vor allem nicht von Mick.
Da piept mein Handy – eine SMS: „Können wir uns treffen? M."
Das Herz klopft mir bis zum Hals. Hab ich's doch gewusst – er ist nicht wie die anderen! Solche gemeinen Heimlichkeiten sind überhaupt nicht Micks Sache.

Er will sich mit mir treffen und mir alles erklären und ich weiß genau, dass es eine gute Erklärung sein wird. Und vielleicht kann ich ihm dann klarmachen, wie wichtig es für Joy wäre, bei diesem Auftritt dabei zu sein.
Nein, nicht nur vielleicht, sondern ganz bestimmt!
Sobald Mick alles verstanden hat, wird er es Chiara ein für alle Mal verklickern. Er ist der Einzige, der das kann, mit seiner Überzeugungskraft und seinem Charme. Es ist unsere letzte Chance, das heißt, Joys letzte Chance, denn um mich geht es hierbei überhaupt nicht. Deshalb antworte ich: „Ja. Morgen um 3 in der Cafeteria. B." Kurz und knapp, genau wie er. Alles weitere klären wir später.

Ach ja, und Moritz' Mappe mit den Noten werde ich ihm bei der Gelegenheit auch unterjubeln. Mick wird der ehrlichen Finderin ungeheuer dankbar sein und möchte sich bestimmt revanchieren und ich wüsste auch schon, wie …

Blöde Kuh! Intrigantin. Eifersüchtige Pute. Dickarschiges Nilpferd. Völlig talentbefreiter Möchtegern-Star …

Jetzt hör doch mal auf, immer an Chiara zu denken!

Joy leidet schwer. Deshalb weihe ich sie jetzt ein.
Ich erzähle ihr von Mick und dass wir uns morgen treffen.

Ich fass es nicht: Mick ist in Bella verknallt. Auch das noch! Ich wusste ja, dass sie mir was verschweigt.

… aber jetzt sag ich es dir ja. Und ich bin nicht verknallt!

Joy: Ja, ja, einen Tag vor eurem Date. Warum sollte ich denn bitteschön dabei sein? Soll ich zugucken, wie ihr Händchen haltet? Oder sagen: „Bitte, bitte, lieber Mick, lass mich doch bei euch mitspielen, dann gibt Bella dir zur Belohnung ein Küsschen?"
Nicht mit mir!
Auf die Art und Weise will ich nicht in die Band kommen.
Das ist Schleimscheißerei! Ich habe meinen Stolz.
Aber eins will ich doch wissen: Wieso hat Mick sich in

Bella verguckt und nicht in mich? Ich hätte ihn abblitzen lassen, logo! Das hat der Typ bestimmt geahnt. Frauenversteher – ha, von wegen! Der versteht ja nur sich selbst. Hoffentlich macht er keinen Scheiß mit Bella. Die ist viel zu gut für so einen Typen. Viel zu zart und empfindlich. Eigentlich kann ich sie da wirklich nicht alleine hingehen lassen ...

Bella: Irgendwas hab ich schon wieder falsch gemacht, ich weiß bloß nicht, was. Holger weiß es auch nicht. Er streicht gerade mein Zimmer blau, denn das haben wir zusammen als optimale Farbe für mich ermittelt. Blau ist wie der Himmel und das Meer, offen für kreative Gedanken, und außerdem hatten wir die Farbe ja auch schon gekauft.

Joy hat sich nebenan eingeschlossen und quält ihre Gitarre so schlimm wie noch nie. Bin ich froh, wenn das Schulfest endlich vorbei ist! Bestimmt geht es Joy dann besser und wir haben endlich mal wieder unsere Ruhe.

Man kann jetzt Eintrittskarten kaufen. Ich hab Joy gefragt, ob wir für Dad eine besorgen wollen oder vielleicht sogar zwei und da ist sie völlig ausgerastet.

Oh! Jetzt weiß ich, was ich falsch gemacht habe!

-24.-

Joy: Oh Mann, was für ein Tag!
Das mit den SHARkX ist inzwischen gegessen. Die haben selber schuld! Ich bin sowieso zu gut für die, sagt Holger. Find ich auch! Aber mit Chiara bin ich noch nicht fertig. Der werde ich nochmal eins auswischen. Jetzt ist aber erst mal wichtig, dass Bellas Auftritt beim Schulfest richtig geil wird. Eine von uns muss einfach dabei sein. Wir haben nicht mehr viel Zeit, sie bühnenfit zu machen. Heute oder nie.

Alleine würden Bella und ich nie auf die Idee kommen, ins Schwimmbad zu gehen. Pure Zeitverschwendung! Aber einmal in der Woche haben wir Sport und heute war eben Schwimmen angesagt. Die meisten in unserer Klasse sind schon im trockenen Zustand einfach peinlich. Nach Chlor stinkende Schwimmhallen scheinen das aber ums Hundertfache zu steigern. Marcel zum Beispiel legt selbst im Wasser seine Faulheit nicht ab. Der stülpt sich zwei Gummischläuche über und lässt sich einfach treiben. Jonas schwimmt wie eine aufgezogene Ente, weil er kein

Wasser schlucken will. Und für Jenni ist der Beckenrand ein Catwalk, auf dem sie die neueste Bademode vorführt. Eigentlich gab es keinen besseren Ort für Bella, um Mut zu beweisen und vor allen Augen etwas Auffallendes zu tun. Sie war nicht begeistert, aber das kenne ich ja schon.

„Vom Dreimeterbrett? Ich?"

Natürlich sie, wer sonst.

Natürlich vom Dreier, der Einer ist schließlich nur was für Babys.

Und natürlich mit Anlauf und Geschrei, damit auch alle schön gucken.

Bella hat stumm den Kopf geschüttelt.

„Warum nicht?", habe ich sie gefragt.

„Aus mehreren Gründen nicht. Erstens bin ich noch niemals von so weit oben irgendwo runtergesprungen. Und zweitens werde ich es auch heute nicht tun. Denn davor habe ich Angst."

„Das ist ja genau die Sache, die wir ändern wollen", begann ich vorsichtig von vorn. „Es kann wirklich nichts passieren."

„Nein."

„Wenn ich es dir vormache?"

„Nein."
„Wenn ich mit raufkomme?"
„Nein."
„Und wenn wir es unauffällig machen, ohne dass irgendjemand zuguckt?"
Nach langem Überlegen fragte sie: „Wie denn?"
Okay, das klang schon besser als nein. Ohne staunendes Publikum war es zwar nur halb so viel wert, aber immerhin ein Anfang.
„Pass auf: Du kletterst vorsichtig rauf. Du gehst vorsichtig aufs Sprungbrett und guckst vorsichtig runter. Es ist wirklich nicht so hoch, wie es aussieht, glaub's mir! Dann gehst du einen Schritt nach vorn und überlegst dir alles noch einmal gut. Entweder du springst ins Wasser oder du gehst wieder zurück. Es ist alles ganz allein DEINE Entscheidung! Niemand achtet auf dich, niemand zwingt dich. Wenn du springst, bist du anschließend stolz wie Oskar. Und wenn nicht, hat's keiner gemerkt."
Ich sah, wie es in Bellas Kopf arbeitete. Und in diesem Moment kam Jenni mir zu Hilfe. Leichtfüßig kletterte sie die Leiter hoch und lief über das Brett. Sie federte ein paarmal in den Knien. Dann flog sie mit den Armen voran durch die Luft und tauchte wie ein Perlenfischer ins Wasser, ohne einen Spritzer. Wow! „Siehst du, ist doch alles ganz easy!"

Von wegen. Die Jungs am Beckenrand glotzten gespannt, wie Jennis Bikini-Oberteil den Sprung überstanden hatte.

Bella: Joy meinte, die Sorgen bräuchte ich mir nicht zu machen, denn ich trage einen Badeanzug, der selbst einen Sprung vom Matterhorn verkraften würde, und mit dem Kopf voran müsste ich ja auch nicht springen, die klassische Haltung wäre schon okay, und die heißt mit den Füßen zuerst.

„Na komm!", sagte Joy. „Du schaffst das!"

Dann schob sie mich energisch voran und plötzlich kletterte ich die Leiter hoch wie ein ferngesteuerter Roboter.

Oben angelangt war mir eins ganz schnell klar: Joy hatte gelogen. Es war hoch, viel höher, als es von unten aussah! Das Wasser war unendlich weit weg, die Leute waren winzig klein, aber wenigstens beachtete mich keiner, weil alle viel zu beschäftigt waren mit ihrer Plantscherei. Ich ließ das schützende Geländer los und machte einen Schritt nach vorn. Alles genau so, wie Joy es gesagt hatte. Ich konnte immer noch umkehren und die Leiter rückwärts wieder runterklettern, es war einzig und allein MEINE Entscheidung …

Meine, meine, meine …

Ich entschied mich für das Zurück. Für einen leisen und undramatischen Rückzug. Schon drehte ich mich um – zu spät! Wie eine Horde Brüllaffen kam gerade die komplette 5b aufs Sprungbrett geklettert und blockierte den Fluchtweg. Und zu allem Übel hatte mich in diesem Moment auch noch Tim von unten entdeckt.

„Ey Alder – ich glaub's nicht", grölte er und zeigte zu mir hoch. „Das ist ja Bella! Was macht die denn da oben? Na los, Bella – spring!"

Von wegen – freie Entscheidung! Ich hatte absolut keine andere Wahl: Ich musste springen. Todesmutig machte ich einen Schritt nach vorn, schloss die Augen und dachte: In fünf Sekunden ist alles vorbei.

Es waren drei Sekunden und du warst KLASSE!
Du hast die perfekte Arschbombe hingelegt, echt cool.

Tim hat ordentlich Wasser geschluckt und ziemlich blöd geguckt. Du hattest vor allen Leuten einen Super-Auftritt, Bella. Wie fühlst du dich jetzt?

Mein Po brennt immer noch vom Aufprall! So schnell mache ich das garantiert nicht wieder, aber ich hab's geschafft.

Wir haben dann noch was ganz anderes heute überstanden, Joy und ich, nämlich unser Date in der Cafeteria.
Erst war es ja nur mein Date, aber dann hat Joy gesagt, dass sie mitkommen will, um mich zu beschützen. Es ist ja nicht so, dass ich einen Bodyguard brauche, doch ein bisschen seelischen Beistand fand ich nicht schlecht, schließlich treffe ich mich nicht jeden Tag mit einem Jungen.
Deshalb habe ich vorgeschlagen, dass wir das Zwillinge-Verwechslungsspiel spielen und dass Joy erst mal allein hingeht und so tut, als sei sie ich.
„Warum das denn?", hat sie geblubbert.
Ich hätte jetzt sagen können: „Na weshalb wohl, natürlich, weil ich aufgeregt bin!" und das wäre ehrlich gewesen. Aber dann hätte sie bestimmt wieder eine Trainingsstunde aus dem Ganzen gemacht, und darauf hatte ich keine Lust, erst recht nicht mit schmerzenden Pobacken, und zum Glück fiel mir auch noch eine bessere Ausrede ein.
„Dann könntest du erst mal in Ruhe mit Mick reden und dich davon überzeugen, dass er kein dummer Aufreißer ist, sondern einfach nur ein netter Junge."
„Aha. Und du?"

„Ich komme später dazu und kläre alles auf und dann reden wir noch mal über die SHARkX, alle zusammen, so ganz nebenbei …“

Joys Dickkopf ist mindestens ebenso groß wie ihr Stolz. Ich sah, wie es in ihrem Inneren kämpfte, aber schließlich gab sie nach: „Okay. Aber nur dir zuliebe!“

Das hab ich nicht ganz verstanden, denn ich mache es ja Joy zuliebe, aber letztlich ist das auch egal. Hauptsache, wir retten noch was bei den SHARkX.

Da war gar nichts zu retten, es lief alles verkehrt.

Joy: Denn als ich in die Cafeteria kam, saß da bloß einer am Tisch: Moritz.

„Du?“, fragte ich überrascht.

„Du?“, fragte Moritz zurück.

Irgendwie hatte er unser Spiel blitzschnell durchschaut, er wusste sofort, dass ich Joy bin. Eins war mir klar: Der Typ ist nicht halb so blöd, wie er manchmal tut!

„Hat Bella dich geschickt?“, wollte er wissen.

„Hat Mick dich geschickt?“, versuchte ich auszuweichen.

„Nee, wie kommst du denn darauf?“

„Naja, wegen der SMS. Die kamen doch von Micks Handy.“

Moritz überlegte. Und so langsam dämmerte es ihm.

„Ach so! Mick hat mir sein altes Handy vererbt, als er zum Geburtstag ein neues bekam. Ich hab alles von ihm übernommen, SIM-Karte, Nummer und alles. Sollte ich vielleicht mal ändern ..."

„Solltest du. Zumindest, wenn du in Zukunft Missverständnisse vermeiden möchtest."

Moritz guckte ja soo enttäuscht! Am liebsten hätte ich ihn in den Arm genommen. Aber ich hatte das deutliche Gefühl, dass er das von mir nicht wollte.

Den Rest kann Bella erzählen.

Mir war das ziemlich peinlich. Nicht ganz so schlimm wie der Auftritt im Schwimmbad heute Morgen, oder vielleicht doch.

Irgendwie anders peinlich.

Bella: Joy hat sich blitzschnell verdrückt und mich mit Moritz und der ganzen dämlichen Situation allein gelassen. Ich habe Moritz erklärt, dass ich ihn wirklich sehr nett finde, fast am nettesten von allen SHARkX, auf alle Fälle netter als Chiara und fast so nett wie Mick. Dass ich es absolut ungerecht finde, dass immer die Kleinen die alten abgelegten Handys kriegen, denn man sieht ja, was dabei rauskommt! Aber dass es trotzdem gut sei, ihn hier zu treffen, denn ich hätte da zufällig was gefunden, was offenbar ihm gehört.

Dann hab ich Moritz die Mappe mit den Lead-Sheets gegeben.

„Und – hat Joy damit was anfangen können?", fragte er nur.

Ich habe krampfhaft nach links und rechts geguckt, bloß nicht in die Mitte, in seine Augen, wie man das eben so macht, wenn man sich ein bisschen schämt. Und auf seine Frage bin ich einfach nicht eingegangen. Allerdings habe ich auch nicht weiter von den SHARkX geredet, denn Moritz ist bestimmt der allerletzte, der Chiara überzeugen könnte. Dumm gelaufen, die ganze Sache.

„Ich wünsch dir alles Gute für den Auftritt", hab ich zu Moritz gesagt.

„Danke, ich dir auch."

„Tja, dann ... sehen wir uns also beim Fest. Grüß deinen großen Bruder von mir!"

Das hab ich ganz lässig gesagt und bin überhaupt nicht rot geworden dabei!

Na supi — herzlichen Glückwunsch!

Joy: Moritz war voll enttäuscht.

Bella war auch enttäuscht.

Ich nicht.

Ich glaube nämlich immer noch, dass Mick ein Aufreißer ist. Und ich freue mich, dass er Bella nicht angebaggert hat, denn sonst hätten wir jetzt ein echtes Problem. Und davon haben wir schon genug.

- 25. -

Bella: Übermorgen.

Ü – ber – mor – gen.

Noch zwei Tage. 48 Stunden.

Das Fest ist das Gesprächsthema, überall, sogar auf dem Klo.

„Na, schon aufgeregt?“, fragt Jenni mich, als wir gemeinsam vorm Spiegel stehen.

„Weswegen? Weil ich mir grad die Hände waschen will?“

„Haha!“, macht Jenni genervt. „Du weißt genau, was ich meine. Bald stehst du oben auf der Bühne und wirst berühmt.“

„Bella ist schon berühmt“, sagt Joy und drängelt sich ruppig zwischen uns. „Allerdings nur bei Leuten, die sich gelegentlich auch noch für andere Dinge als für Klamotten interessieren.“

Jenni ist neidisch auf mich. Sie würde alles dafür geben, wenn sie mit mir tauschen könnte.

Aber – vielleicht wäre das tatsächlich gar kein schlechter Gedanke …

Halt! Stopp! Bist du bescheuert? Das kann doch nicht dein Ernst sein.

Wieso nicht? Wirklich wichtige Leute delegieren. Das heißt, sie weisen Aufgaben zu. Der Regierungssprecher zum Beispiel liest auch nur vor, was die Bundeskanzlerin schreibt. Da macht jeder seinen Job.

Joy: Du bist aber nicht die Bundeskanzlerin und Jenni ist nicht deine Regierungssprecherin. Die kann ja nicht mal ihren Namen buchstabieren.
Bella will sich nur drücken. Das ganze Anti-Lampenfieber-Training war für die Katz! Sie hat immer noch einen Horror davor, vor vielen Leuten auf der Bühne zu stehen. Mitten im Scheinwerferlicht, wenn alle sie anstarren. Dabei starrt ja gar keiner, das ist völlig falsch! Die gucken alle freundlich interessiert, weil sie gespannt sind auf Bellas Gedicht, das im Programm angekündigt ist. Es kommt gleich nach der Rede vom Schulleiter und noch vor dem Auftritt der SHARkX.

Joy hat die Zeit gestoppt: Mein Gedicht dauert zwei Minuten und 35 Sekunden.

Das ist doch nicht viel! So lange hat dein Auftritt am Berliner Bahnhof mindestens gedauert und du hast ihn überlebt.

Bella: Stimmt. Aber das ist auch so lange, als ob ich 52-mal vom Dreimeterbrett springe und das würde ich nicht überleben.

Ich weiß genau, was passiert, wenn ich auf die Bühne komme: ein Drama in fünf peinlichen Akten.

Zunächst mal werde ich über den Samtvorhang stolpern und der Länge nach hinfallen. Peinlichkeit Nr. 1.

Kaum hab ich mich wieder aufgerappelt und humpel – vorausgesetzt, es ist nichts gebrochen – mühsam zum Mikrofon, bleibt mir die Stimme weg. Erst nach mehrmaligem Räuspern kommt so was wie ein Krächzen. Peinlichkeit Nr. 2!

Heiser hauche ich die Worte ins Mikro, jegliche Betonung bleibt auf der Strecke. Und dann passiert er, der Super-GAU: Ich bleibe hängen. Ich weiß nicht mehr weiter und mein Spickzettel ist weg. Peinlichkeit Nr. 3.

Alle halten den Atem an vor Spannung. Ich auch, aber nur weil ich spüre, dass ich vor lauter Stress gerade einen Schluckauf bekomme. So heftig und laut wie schon lange nicht mehr und absolut nicht zu unterdrücken. **HICKS!** Peinlichkeit Nr. 4.

Irgendjemand macht die Scheinwerfer aus, um mir gnädigerweise zu einem schnellen Abgang zu verhelfen. Der wird dann wirklich sehr schnell, denn ich stürze in der Dunkelheit von der Bühne und das ist Peinlichkeit Nr. 5.

Sehr verehrtes Publikum – Sie sahen das tragische Ende einer vielversprechenden literarischen Karriere, noch bevor sie richtig begann.

Mir kommen die Tränen!

Joy: Bella sollte keine Gedichte schreiben, sondern Drehbücher fürs Fernsehen. Für traurige, herzzerreißende Soaps.

Bella: Joy versteht mich immer noch nicht. Doch wenn sie mein Horoskop für übermorgen sieht, wird sie überzeugt sein.

Die Sterne stehen nicht gut. Zurzeit fehlt Ihnen das Glück, um Ihre Wünsche in die Tat umzusetzen.

Überschätzen Sie sich nicht! Schalten Sie lieber einen Gang zurück. Saturn kann Ihnen böse Streiche spielen, wenn Sie mit dem Kopf durch die Wand wollen.

Na bitte – selbst wenn ich wollte, das Universum steht gegen mich!

Joy: Genau das ist der Punkt: Bella will nicht. Die Sterne haben damit gar nichts zu tun, das sind bloß faule Ausreden. Für mich erzählen die ja dasselbe, ich glaub nur nicht an den Quatsch.
Das ist schon fies: Die eine will unbedingt auf die Bühne und darf nicht, die andere soll und will nicht.

Bella: Jetzt ist es so weit, jetzt erzähle ich Joy von meinem Plan. Der ist nämlich meine letzte Rettung.
Er ist ganz einfach und wirklich nicht neu, aber alle guten Dinge sind simpel: Joy und ich tauschen die Rollen. Das heißt: Joy schlüpft in meine Rolle, nur für ein paar Mi-

nuten, und liest mein Gedicht vor. Nicht einmal Matti wird das auf die Entfernung merken. Und es hat Vorteile für uns beide. Mein Gedicht verschwindet nicht einfach in der Versenkung und Joy kriegt ihren großen Auftritt. Zwar nicht ganz so, wie sie ihn gern hätte, aber immerhin besser als nichts.
Ich bin gespannt, was sie dazu sagt.

Joy: Erst mal habe ich lange gar nichts gesagt, das passiert nicht oft. Die Idee ist nicht dumm. Hätte von mir kommen können.
Eigentlich eher von mir als von Bella, denn das passt gar nicht wirklich zu ihr. Ein kleines Verwirrspiel, wie wir es mit Mick vorhatten, okay. Aber das hier ist doch echter Betrug ...

Betrug? Findest du wirklich?

Oh shit, das hätte ich nicht sagen sollen!
„Nee, nicht wirklich. Das ist das falsche Wort", versichere ich ihr schnell. „Eher eine Lüge. Eine kleine Lüge. Vielleicht auch nur eine Schwindelei. Oder ein, äh naja, eigentlich bloß ein Bluff."
Was Harmloseres fällt mir so schnell nicht ein. Aber es

scheint zu reichen, um Bellas Zweifel zu beseitigen. Zumindest sind sie zusammengeschrumpft wie Eis in der Sonne. Und sind damit sehr viel kleiner als ihr blödes Lampenfieber es je sein wird.

Okay, wir werden es so machen und niemand wird jemals die Wahrheit erfahren.

Ich wusste es – auf Joy kann ich mich verlassen!

Bella: Es gibt da nur ein kleines Problem. Während meines Vortrags stehen die SHARkX schon auf der Bühne, denn gleich danach geht es los mit der Musik. Bei meinen letzten Zeilen soll leise die Gitarre einsetzen, damit ein sanfter Übergang entsteht.

„Eine Symbiose zwischen Wort und Klang“, hat unser Musiklehrer das genannt und „die damit verbundene Verknüpfung zwischen Klassik und Moderne“ ganz besonders hervorgehoben.

Naja, so kann man das auch sehen.

Ich war mir jedenfalls nicht sicher, ob Joy es erträgt, mit den SHARkX gemeinsam auf der Bühne zu stehen. Aber sie hat nur locker gesagt: „Tu

ich doch gar nicht. Da steht Bella! Und im Übrigen ertrag ich für dich fast alles."

Vielleicht war das auch eine kleine Lüge oder zumindest eine Schwindelei, aber das ist mir egal.

Joy: Ich werde Bella helfen, logo. Vor den bösen Lampenfieber-Geistern retten. Wie war das noch?

„Muss nur noch kurz die Welt retten ..."

Das wär's! Ich als Supergirl mit hautengem Latexanzug wie Lara Croft. Weltretterin ist eine echte Alternative zu Rockstar. Am Ende bin ich Chiara irgendwann noch dankbar für ihre blöde Zickerei ...

Bella: Holger ist fast fertig. Ich glaube, er streckt die Arbeit ein bisschen, weil er es bei uns so gemütlich findet. Jedenfalls dauern die Kaffeepausen immer länger und Matti wird immer entspannter.
Wir haben eben überlegt, wem wir eine Karte fürs Fest schenken wollen.

1. Matti, natürlich.
2. Dad, natürlich. Eine oder zwei? Wenn Blicke töten könnten, hätte ich meinen letzten Atemzug getan … okay, Joy, habe verstanden: SELBSTVERSTÄNDLICH nur eine Karte.
3. Holger. Na klar, keine Frage.
4. Oma? Nee, die wohnt zu weit weg, um nur für einen Abend herzukommen. Und für länger – das hatten wir ja grade.
5. Den Nachbarn? Wäre nicht verkehrt, als kleine Entschädigung für einigen Stress … Aber die sind so viele, das wird teuer.

Langsam freue ich mich auf das Fest!

-26.-

Bella: Ich stehe auf der Bühne und sehe auf die leeren Stuhlreihen. Ganz schön hoch hier! Nicht so hoch wie das Dreimeterbrett, aber hoch genug, dass alle einen gnadenlos anstarren können. Und wenn die Reihen da unten erst mal alle besetzt sind, dann sind es sehr viele, die starren …
Nein, ich werde meinen Entschluss nicht ändern. Ich will nur mal wissen, wie es sich anfühlt, hier zu stehen. Die Vorhänge sind zugezogen, die Mittagssonne ist ausgesperrt. So ähnlich wird das Licht morgen Abend auch sein – dämmrig, feierlich, geheimnisvoll. Jedenfalls so lange, bis Scheinwerfer die Bühne erbarmungslos beleuchten und alles, was sich darauf befindet, auch. Ich werde nicht dazu gehören! Ich will es nur mal spüren, nur einmal hören, wie es klingt, wenn man die Worte in einem so großen Raum sagt.

„Vor fünfzig Jahren, als alles begann,
schien der Mond am Himmel genau wie heute …"

Ich mag es immer noch, es ist wirklich ein schönes Gedicht.

„... dieselbe Sonne, derselbe Mond
schauten damals herab auf die Welt.
Sind es auch noch dieselben Menschen,
von denen man sich bis jetzt erzählt?
Ein Blick zurück in die Ferne ..."

RRUMMMSS!
Ein lautes Poltern unterbricht mich, ich zucke zusammen und drehe mich um. Mick steht hinter mir auf der Bühne und fummelt an irgendwelchen Kabeln rum. Er lächelt mich unverschämt süß an.
„Lass dich nicht stören, doppeltes Joychen", sagt er, „ich wollte nur schon ein bisschen was vorbereiten. Klingt gut, dein Gedicht. Sehr romantisch, ich mag das. Bist du aufgeregt wegen morgen?"
Wusch, da ist sie wieder, die blöde puterrote Birne! Hoffentlich sieht Mick das im Dämmerlicht nicht.
„Nein", sage ich nur und das stimmt. Ich bin nicht aufgeregt, zumindest nicht wegen morgen, und mehr wollte Mick ja nicht wissen.
Ob Mick das Gedicht zu Ende hören will? Vielleicht wird er mich anschließend zu einem Kakao einladen. Wir beide haben ja auch noch eine Rechnung offen ...
„So, nun aber raus! Morgen ist hier ordentlich was los, wir müssen noch gründlich sauber machen. Sonst denkt der Bürgermeister, die Schule ist ein Saustall!"
Energisch wie ein Kampfkommando bahnt sich der Putztrupp seinen Weg durch die Stuhlreihen, bewaffnet mit

Besen, Eimern und Mopp. Adieu Romantik, willkommen im Real Life.

„Na denn – bis morgen!“, sagt Mick und verschwindet.

Ja, bis morgen.

-27.-

Joy: Ich fass es nicht: Ich bin aufgeregt! Natürlich nicht so, wie Bella es wäre. Aber ein bisschen schon. So ein Quatsch!
Absolut überflüssig.
Wir haben das Gedicht tausendmal geprobt. Das heißt: Ich habe geprobt und Bella hat gemeckert.
„Leier es bitte nicht so runter!", hat sie gesagt. „Das klingt ja schlimmer als das Streichorchester."
Was für ein grässlicher Vergleich! Mit dieser Horde lahmarschiger Langweiler will ich nichts zu tun haben.
Ich werde schon noch Krawumm reinlegen, da muss Bella sich keine Sorgen machen. Heute Abend dreh ich voll auf!

Nur auswendig kann ich es nicht, dafür ist das Gedicht zu lang.

Das ist nicht zu lang, das ist genau richtig.
Du musst es nur anders präsentieren, sonst schlafen die Leute ja ein.

Bella: Ich bin so froh, dass Joy für mich auftritt. Und jetzt hält sie mich für undankbar! Doch wenn es sich nicht nach mir anhört, nach Bella, dann fliegt der Schwindel auf, und kein Autor auf der ganzen Welt rappelt sein eigenes Werk runter wie das Telefonbuch. Nein, da legt man Herz und Seele rein! Bloß ist nicht mehr viel daran zu ändern, in einer Stunde geht es los …

Joy: In einer Stunde geht es los. Zeit genug, um noch mal in die Cafeteria zu gehen und ein Stück Kuchen abzustauben, bevor er nachher für teures Geld verhökert wird. Chiara scheint dasselbe vorzuhaben. Sie rennt wie ein aufgescheuchtes Huhn durch den Gang. Genau auf mich zu.
„Es ist was Schreckliches passiert!", keucht sie. „Der pure Horror!"
Was ist los? Ist ihre Jeans am Hintern aufgeplatzt? Hat jemand das Mikro versteckt?
„Benji fällt aus!", ruft sie.
Das verstehe ich nicht. Eine Unterrichtsstunde kann aus-

fallen, wenn ein Lehrer krank ist. Aber wie kann ein Mensch ausfallen?

„Er hatte einen Unfall auf dem Weg hierher. Er ist mit dem Fahrrad gestürzt“, sagt Chiara.

„Ist seine Gitarre kaputt?“, fällt mir als Erstes ein.

„Die nicht, die hat er gestern schon hier gelassen. Aber er hat sich das Handgelenk gebrochen. Er kann nicht spielen!“

In Chiaras Gesicht steht das blanke Entsetzen. Ich mag sie nicht, auf den Tod nicht, aber jetzt tut sie mir fast leid. Benji aber auch! Das muss ja so was von wehtun.

„Armer Benji!“, sage ich. Und langsam erkenne ich das ganze Ausmaß der Katastrophe. „Könnt ihr denn ohne ihn spielen?“

Chiara schüttelt den Kopf.

„Eben nicht. Ohne Gitarre klingt alles wie ...“ Chiara fällt kein Vergleich ein.

Aber mir: „Wie lauwarme Cola.“ Langweilig und flau.

„Das tut mir aber leid für euch!“, sage ich und meine es ehrlich. Naja, halb ehrlich. Vielleicht auch nur ein viertel ehrlich. Denn eigentlich gönne ich es Chiara ein bisschen. Endlich weiß sie, wie es sich anfühlt, nicht zu bekommen, was man will.

Manchmal ist das Leben doch gerechter als man denkt!

„Joy ...“ Chiara packt mich am Arm, um mich am Weitergehen zu hindern. „Ich weiß, ich hab mich scheiße benommen.“

Stimmt.

„Sorry! Aber jetzt brauchen wir dich. Du bist die Einzige, die für Benji einspringen kann."
Meint sie das ernst? Ja. Bitterernst.
Ich aber auch, als ich sage: „Nein."
Chiara gibt nicht auf. „Joy, überleg mal! Es ist deine Chance. Ich weiß, dass du alle Songs spielen kannst."
„Woher?", frage ich misstrauisch.
„Ich weiß es eben ...", sagt sie geheimnisvoll.
Moment – das würde mich jetzt doch mal interessieren ...
Natürlich weiß ich, dass dies meine große Chance wäre. Aber sie kommt zu spät. Definitiv und unwiederbringlich zu spät. Denn ich habe Bella ein Versprechen gegeben und das werde ich halten. Ich werde als Bella vorn am Mikro stehen und das Gedicht vorlesen. Und da kann ich nicht gleichzeitig als Joy Gitarre spielen, das funktioniert schon rein logisch nicht. Und ich kann auch nicht erklären, dass ich, JOY, das Gedicht vorlese, weil ich meine Schwester damit voll in die Pfanne haue. Alle Welt weiß dann Bescheid, dass Bella zu feige war. Kommt nicht infrage!

Scheiße, SCHEISSE, SCHEISSE!
Mir ist zum Heulen zumute.
Chiara auch, das sieht man.
Mir aber mehr.

He, Joy, da bist du ja, ich hab dich überall gesucht!

Bella: Auf Joy muss man aufpassen wie auf ein Kleinkind. Draußen rollen schon die Leute vom Fernsehen an und sie steht da und quatscht mit Chiara. Moment mal, sind die beiden nicht eigentlich beste Feindinnen? Wieso sieht Joy mich so seltsam an? Chiara guckt auch ganz komisch. Mick, Charly und Moritz stehen stumm daneben. Und da kommt Robbi und steckt Joy einen Schokoriegel in die Tasche. Was soll das?

„Kleines Bestecherli", sagt er grinsend, „kann manchmal Wunder bewirken."

Langsam bekomme ich eine Ahnung. Eine dunkle Ahnung, die in mir aufsteigt wie Luftblasen im Wasser, nur fieser.

„Wo ist Benji?", frage ich leise.

Volltreffer. Jetzt erfahre ich die ganze Wahrheit.

Ich sehe Joy an, ich sehe, wie unglücklich sie ist. Und ich weiß genau, dass ich die Einzige bin, die daran etwas ändern kann.

„Ich will mit dir alleine reden!", sage ich zu Joy.

Und etwas in meiner Stimme macht ihr unmissverständlich klar, dass jeglicher Widerspruch zwecklos ist.

Joy: „Wenn du diese Chance nicht nutzt, wirst du es immer bereuen“, hat Bella gesagt.
„Ja und du?“, hab ich nur blöd gefragt.
„Ich auch. Wenn ich diese Chance nicht nutze, werde ich es auch immer bereuen.“
Das ist genau der Tritt in den Arsch, den sie braucht, meinte Bella. Damit endlich was passiert. Vielleicht hat sie Recht.
„Wir werden es nur wissen, wenn wir es ausprobieren“, sagt sie.
Die Zeit läuft.
Ich muss mich noch kurz auf Benjis Gitarre einspielen. Sie klingt gut, fast besser als meine. Die ersten Akkorde kommen wie von selbst. Kein Wunder, ich habe sie ja so oft geübt ...
Chiara nickt mir zu. Sie lächelt. Wir werden später miteinander reden, meine Liebe! Das Ding ist noch nicht gegessen.
Jetzt muss ich aber erst mal Bella suchen, meine grandiose Schisser- Schwester! Ich will ihr noch schnell sagen, wie toll ich das von ihr finde. Und dass sie es supertoll packen wird, das weiß ich genau. Im Übrigen bleibt auch gar keine Zeit mehr, sich lange Gedanken zu machen, was schieflaufen könnte.
Wo steckt sie denn bloß?
Ich laufe durch die Gänge, ich suche sie überall. Ich frage die Leute: „Hast du Bella gesehen?“ Alle schütteln den Kopf.

He, Bella – wo bist du?
Plötzlich hab ich ein mulmiges Gefühl. Hoffentlich bereut Bella ihren Entschluss nicht. Vielleicht hat sie inzwischen panische Angst vor ihrem eigenen Mut. Und mag es mir nur nicht sagen, um mir die Chance nicht zu versauen. Weil sie mir helfen will, so wie ich ihr helfen wollte. Die gute Bella!
Lampenfieber muss wirklich ekelhaft sein, schlimmer als Keuchhusten und Windpocken zusammen. Ich glaube, das kann einen echt fertig machen. Vielleicht tickt man dann sogar richtig aus ...?
Mensch, Bella, mach bloß keinen Scheiß!

-28.-

Bella: Was ist denn mit dir los? Du siehst aus wie ausgekotzt.

Joy: Danke, das hört man gern!
Ein Blick in den Spiegel zeigt mir, dass Bella Recht hat. Ich bin leichenblass. Aber unglaublich froh, dass ich sie gefunden habe. Sie steht in der Umkleide hinter der Bühne und hat sich gerade ihr Kleid angezogen. Das Himmelblaue mit den Spaghettiträgern.
„Sieht cool aus“, sage ich zu ihr. „Alles in Ordnung bei dir?“
Bella nickt. „Und bei dir?“
Ja logo, na klar! Für mich wird gleich ein Traum wahr. Ich werde mit den SHARkX eine super Performance hinlegen. Ich sehe richtig gut aus in meinen neuen Klamotten, tausendmal besser als Chiara. Und ich weiß, dass ich alle Songs kann. Zwar nicht so perfekt wie Benji – nein, Quatsch, das stimmt nicht. Ich spiele sie nur anders als

der, würde Holger sagen. Auf Joys Art. Und eins steht fest: Nach diesem Abend kennen mich alle. Alle in der Schule. Alle, die SAT 1 gucken. Alle, die das Morgenblatt lesen. Alle ...

Hör auf zu träumen, Joy, es geht los!

Bella: Oh Gott, mir ist ja so übel! Vorsichtig spähe ich durch den Spalt im Vorhang. Der Saal ist knackevoll. Die Stühle sind besetzt bis auf den letzten Platz, einige Leute lehnen sogar an der Wand oder sitzen auf den Fensterbänken. Vor der Bühne hat sich ein Kamerateam aufgebaut und filmt gerade den Schulleiter bei seiner schwungvollen Rede. Das kann er gut, unser Boss, reden. Mal bringt er die Leute zum Lachen und dann ist er wieder so ernst und getragen, als ob er auf einer Beerdigung wäre. Ich sehe ins Publikum, wer alles da ist, und bin mir gar nicht sicher, ob ich mich freuen soll, wenn es viele sind, die mich kennen.

Rück mal ein bisschen, ich will auch was sehen!
Da hinten sitzt Matti. Wow, sieht die gut aus! Was hat sie denn für ein Kleid an? Das kenne ich noch gar nicht. Und wer ist der Typ neben ihr? Echt, das ist ja Holger! Den hätte ich fast nicht erkannt, so im Anzug und mit Schlips. Nicht schlecht. Aber wo ist ...

Nicht da. Dad ist nicht gekommen.

Vielleicht hätten wir ihn doch nicht alleine einladen sollen, aber jetzt ist es zu spät, sich darüber Gedanken zu machen, und außerdem ist Dad ein erwachsener Mann, der selber entscheiden kann, was er will.

Der Boss hat seine Rede beendet und alle klatschen. Das heißt für uns: Es gibt kein Zurück mehr. Der Vorhang geht auf und wir müssen raus auf die Bühne.

Mein Herz rast, mein Mund ist trocken, meine Knie zittern und ich spüre, wie mir das Blut in den Kopf steigt. Joy nimmt meine Hand und drückt mir einen Kuss auf die Backe. Dann führt sie mich nach vorn zum Mikro wie ein Blindenhund das Herrchen.

Das ist ja nun auch peinlich! Ich schiebe sie sanft weg. Unser Boss steht immer noch da – was redet der da bloß? Seine Worte sind in Watte gehüllt und wabern hin und her, ich verstehe kein Wort …

Oh Mann, ist das geil! Es ist das erste Mal, dass ich auf einer Bühne stehe und angekündigt werde.

Joy: Zwar nicht mit ganz so viel Power wie neulich im Traum, aber das kann man von einem Schulleiter auch nicht erwarten.

„Sehr verehrte Gäste, liebes Publikum, hochverehrter Herr Bürgermeister … ich habe das Vergnügen, Ihnen …"

Etwas steif, aber trotzdem echt krass!

Jeder ist an seinem Platz. Moritz am Keyboard, Mick an

den Drums, Robbi am Bass, Chiara steht daneben. Und ich – ICH!! – in der Mitte mit der Gitarre. Ich kann es immer noch nicht glauben. Der Boss ist endlich fertig und macht Platz für Bella. Die sieht so süß aus in ihrem neuen Kleid. Und so schrecklich verloren ...

Du schaffst das, Bella. Fang einfach an! Wenn erst mal der Anfang gemacht ist, geht alles von selbst.

Es ist ganz still. Nicht mal ein Räuspern ist im Saal zu hören. Die Leute warten stumm. Aber Bella ist auch stumm.

Los, Bella, komm!

„Vor fünfzig Jahren, als alles begann ..."

Bella: Ich fange einfach an und rede immer weiter, es bleibt mir ja auch gar nichts anderes übrig und mit jedem Wort wird meine Stimme lauter und das Zittern hört plötzlich auf. Ich merke, wie eine seltsame Ruhe mich durchströmt wie heißer Kakao an einem kalten Wintertag. Ich stehe hier oben und alle starren mich an. Ja, die starren wirklich, auch wenn Joy was anderes behauptet hat. Aber wenn sie schon starren, kann ich sie nicht enttäuschen, sie haben ja schließlich Eintritt bezahlt. Also werden sie jetzt ein wunderbares Gedicht hören von einer begabten Schriftstellerin, die es äußerst gefühlvoll vorträgt.

Und in zwei Minuten und 35 Sekunden ist alles vorbei.

Lieber Gott – hilf mir!

„Vor fünfzig Jahren, als alles begann …"

Ich werde immer besser, jedes Wort kenne ich auswendig, jede Zeile steht in meinem Herzen geschrieben und schlüpft durch meine Lippen raus. Mein Blick schweift über das Publikum hinweg und ich sehe keine Personen mehr, sondern nur eine dunkle Menge, eine wogende Masse, wie ein Meer, das meinen Worten lauscht.

„Dieselbe Sonne, derselbe Mond …"

Hinten im Saal geht leise die Tür auf und eine Gestalt huscht herein. Immer diese Zuspätkommer! Aber diese Gestalt kenne ich irgendwie; ich kenne die Jacke und den schlurfenden Gang. Ich kenne das Lächeln, das bis zu mir auf die Bühne strahlt …

„Ein Blick zurück in die ääh, - Ferne … Ferne … Äähhh …"

Blubb. Aus. Aus und vorbei.
Nichts geht mehr.

Oh scheiße, Bella – red weiter, weiter!

Die Worte sind weg, verschwunden. Weggeflogen wie eine Feder im Wind, genau wie meine Euphorie von eben. Alle sind mucksmäuschenstill und warten, wie es weitergeht. Ob es überhaupt weitergeht.

Wo ist bloß der Zettel mit dem Text? Joy hat ihn, natürlich! Wahrscheinlich steckt er in ihrer Hosentasche. Ich brauche ihn, schnell! Joy, hilf mir, sonst sterbe ich hier auf der Bühne einen grausamen Tod vor all den fremden Menschen und meine Seele wird auf der Stelle in den Himmel fliegen, weil es die einzige Möglichkeit ist, diesem schrecklichen Zustand zu entkommen.

Da zieht ein leiser Ton durch den Saal, sanft und stark zugleich. Ich drehe mich um. Es ist Joys Gitarre. Vorsichtig spielt sie weiter, wird fordernder und lauter. Ich erkenne die Melodie, es ist das Solo, das sie so oft geübt hat, bis keiner es mehr ertragen konnte. Und sie spielt es so unglaublich gut! Alle Augen sind nun auf Joy gerichtet. Lässig kommt sie mit der Gitarre nach vorn und flüstert mir was zu.

Ein Blick zurück in die Ferne zeigt
was mancher gerne verschweigt ...

Es sind genau die Worte, die mir fehlten, genau das Stück, das ich vergessen hatte.
Die Gitarre wird leiser und Joy zieht sich zurück. Ich fange wieder an zu reden, als ob nichts gewesen wäre, und die letzten Töne von Joy und meine Worte verschmelzen zu einer Einheit, ganz selbstverständlich und wie die natürlichste Sache der Welt.
Die perfekte Verbindung von Wort und Musik. Jetzt kommen die Verse wie von selbst, jede Silbe ist ein Wassertropfen und alle zusammen sind ein mächtiger Strom. Bei der letzten Zeile setzt die Gitarre erneut ein, diesmal so wie geplant. Und als wir fertig sind, Joy und ich, klatschen alle begeistert Beifall und irgendwo dort unten höre ich jemanden rufen: **„Zugabe!"**
Oh nein, ich denke ja gar nicht daran! Zumindest nicht heute, nicht hier und nicht jetzt. Denn jetzt muss ich mich erst mal hinsetzen, meine Knie sind weich wie Pudding.

-29.-

Was für eine geile Party! Wir rocken die Bühne und alle tanzen.

Bella: Ich finde, ich war viel besser als der Bürgermeister, denn der hat alles vom Blatt abgelesen und sich trotzdem ständig verhaspelt und außerdem hat er langweiligen Kram erzählt.

Im Nachhinein weiß ich wirklich nicht mehr, weshalb ich so höllisch aufgeregt war.
Joy macht es richtig gut. Sie sieht toll aus in den schwarzen Klamotten und das Loch am Bein macht das Ganze erst perfekt. Schade, dass Oma das nicht sehen kann.
Matti ist ja soo stolz auf mich, hat sie gesagt, aber dann rannte sie ganz schnell weg, weil sie sich den Bürgermeister schnappen musste. Jetzt steht sie da und textet ihn zu: dass die Kitas unbedingt mehr Geld brauchen und dass er es bei der letzten Wahl versprochen hat und dass man Versprechen einhalten muss, besonders als Vorbild für die Kinder und so weiter. Der arme Kerl, er kann nicht weg! Denn SAT 1 filmt gerade alles und da muss der Bürgermeister Bürgernähe heucheln. Holger steht daneben und sieht in seinem Outfit wie ein Bodyguard aus. Eigentlich ist er ein hübscher Mann, er sieht Brad Pitt irgendwie ähnlich …
Übrigens: War das vorhin wirklich Dad, der da zu spät reingestolpert kam, oder hatte ich vor lauter Lampenfieber Halluzinationen?
Wie soll man in diesem Gedränge bloß jemanden finden? – Unmöglich.

Da ist er ja — ich sehe ihn!

Joy: Er bahnt sich einen Weg durch die Leute. Er winkt mir zu.
„Hi, Dad! Später, Dad! Im Moment hab ich noch zu tun.“

Jetzt hat er Bella entdeckt. Er nimmt sie in den Arm und zieht sie auf die Tanzfläche. Er schwingt sie hin und her, als ob sie beim Volksfest Polka tanzen.
Mann, Dad, das hier ist Rock und keine Ü40-Party für alte Knacker!
Bella schwankt wie ein Boot auf den Wellen. Bestimmt ist ihr das ganz furchtbar peinlich und diesmal kann ich es sogar verstehen. Aber mach dir nichts draus, Bella – Eltern sind leider so! Da hat unsere Erziehung komplett versagt.

Tanzen kann er wirklich nicht, unser Dad, aber ich bin trotzdem froh, dass er da ist.

Bella: Es ist mir diesmal überhaupt nicht peinlich, dass alle glotzen, ganz im Gegenteil. Immerhin bahnt Dad uns mit seinem wilden Gehopse Platz auf der Tanzfläche, denn alle Leute weichen respektvoll zurück, um nicht angerempelt zu werden.
Dann machen die SHARkX eine Pause und Dad will zu Joy gehen und mit ihr reden und ich muss mir dringend was zu trinken besorgen, denn sonst verdurste ich noch und das ist mindestens genauso schlimm, wie auf der Bühne vor Aufregung sterben.

Ich guck ja wohl nicht richtig! Ich dachte, das Thema wäre gegessen.

Joy: Ich sag's ja: der Typ ist ein Casanova. Als ich mit Dad in die Cafeteria komme, sehe ich da doch tatsächlich Mick. Und neben ihm steht Bella.

Jeder kann in der Pause machen, was er will, logo! Geht mich auch gar nichts an. Oder vielleicht nur ein bisschen. Denn ich hoffe doch sehr, dass mein Schwesterherz nicht auf den reinfällt. Ich muss sie auf alle Fälle im Auge behalten.

Bella: „Na doppeltes Joychen, wie wär's mit einer Cola? Sozusagen zur Belohnung, dein Gedicht war nämlich toll."

Die Stimme kenne ich doch! Ich drehe mich um. Ich habe mich nicht getäuscht. Ich kenne diese samtweiche Stimme und alles, was dazu gehört, nämlich den ganzen lächelnden Mick. Groß, blond und ungeheuer lieb. Ich kann immer noch nicht verstehen, was Joy eigentlich gegen ihn hat. Die steht hinten an der Tür und glotzt unverschämt neugierig zu uns rüber.

„Ja, warum nicht?", sage ich zu Mick. Immerhin schuldet er mir noch was, toll, dass er das nicht vergessen hat! Aber vielleicht hat er es auch längst vergessen und seine Einladung kommt einfach von Herzen. Das wäre noch viel besser.

„Warte einen Moment, ich hole uns was."
Damit verschwindet Mick im Gedränge und jetzt fuchtelt Joy mit den Armen in der Luft rum und macht mir aufgeregte Zeichen. Was will sie mir damit bloß sagen? Ach, es wird schon nicht so wichtig sein. Ich habe eben einen tollen Auftritt gehabt und gleich werde ich mit Mick was trinken und mit ihm über das Gedicht sprechen und das allein ist wichtig. Sorry, Joy, aber jetzt musst du mal einen Moment ohne mich klarkommen!
Wo bleibt er bloß? So lang ist die Schlange an der Bar ja nun auch wieder nicht und die Pause ist bald zu Ende.
Da entdecke ich ihn plötzlich. Ich denke, mich tritt ein Pferd. Mick sitzt mit Jenni an der Bar und sie nuckelt neckisch am Strohhalm von MEINER Cola und himmelt Mick mit ihren Kuhaugen an!
Das finde ich nicht gut.
Das finde ich sogar ziemlich schlecht!
Obwohl ich fest davon überzeugt bin, dass Mick gar nichts dafür kann. Dass Jenni ihm aufgelauert hat und ihn auf eine üble Weise zum Bleiben gezwungen hat, ein klarer Fall von Erpressung also.
„Wie wär's mit einer Apfelschorle?"
Die Stimme kenne ich auch. Ich drehe mich um. Ich habe mich wieder nicht getäuscht. Grinsend steht Moritz da und hält mir eine halb volle Flasche hin. Wie lecker! Ich hasse Apfelschorle. Aber das sage ich jetzt nicht, im Gegenteil, ich rufe begeistert „Oh, gerne, danke!" und stürze das Zeug in einem Zug runter. Und dann rede ich mit Moritz über Gott

und die Welt, über Gedichte und Musik und wir lästern ein bisschen, besonders über Jenni und Mick.

Joy hat aufgehört, mir Zeichen zu geben, sie sieht zufrieden aus.

Moritz ist wirklich süß, das hab ich vorher gar nicht so gesehen. Als die Pause rum ist und er wieder auf die Bühne muss, finde ich es fast schade.

Fast.

Wenn er es sich bloß verkniffen hätte, noch einen dämlichen Witz hinterherzuschieben!

„Kennst du die drei Eisheiligen? Nö? Langnese, Schöller und Möwenpick."

Naja, Moritz ist eben Moritz.

– 30. –

Joy: Es ist Samstag. Und es ist früh. Verdammt früh! Viel zu früh, um an Türen zu klingeln. Irgendein Idiot macht das aber gerade bei uns. Ich will das nicht hören! Also: Decke über den Kopf.
Die Party war echt spät zu Ende.
Ich liege oben im Etagenbett, denn in meinem Zimmer ratzt Dad. Den konnten wir ja schlecht wieder wegschicken, so mitten in der Nacht. Oder?

Gekonnt hätten wir natürlich schon, aber das wollte keiner von uns.

Bella: Als wir nach Hause kamen, Joy und ich, saßen Matti und Dad bei einer Flasche Wein zusammen und haben sich ganz vernünftig unterhalten. Das gab es seit hundert Jahren nicht mehr. Ich fand es schön und Matti wohl auch, und sie wollte die nette Stimmung bestimmt nicht kaputtmachen, denn als Joy die Gitarre holte und Dad um Mitternacht das

tolle Solo noch mal vorspielte, hat Matti fast gar nicht protestiert. Das haben dafür die Nachbarn getan, sehr entschieden und reichlich genervt.
Ach herrjeh – da sind sie ja schon wieder! Dabei sind wir doch jetzt ganz leise. Aber wer um alles in der Welt sollte sonst um diese Zeit bei uns Sturm klingeln? Wir hätten denen doch Karten schenken sollen, als kleine Wiedergutmachung für alles, was passiert ist, und alles, was je passieren wird.

Kann nicht mal einer an die Tür gehen und aufmachen, verdammt noch mal?

Joy: Immer ich! Eigentlich ist es ja Mattis Sache, sich mit den Nachbarn abzuquatschen. Sie hat hier den Erziehungsauftrag, sagt sie immer. Aber da steht ja gar nicht Frau Bellmann ...
Holger schiebt mich zur Seite und grinst.
„Mach den Mund zu, Joy, es zieht!"
Er hat den schicken Anzug von gestern wieder gegen den weißen Overall getauscht.
„Ich bin mit dem Stuck noch nicht fertig", erklärt er und stellt die Leiter auf. „Und was ist mit der Wand in deinem Zimmer?"
Keine Ahnung! Das überleg ich mir später. Erst mal soll Dad gründlich ausschlafen, von mir aus bis heute Abend. Oder sogar noch viel länger.

Bella: Das tut er aber nicht, denn er will mit uns frühstücken und es ist auch total gemütlich, fast so wie früher. Matti bespricht mit Holger, wann er die allerletzten Sachen streichen will, denn nächste Woche hat er schon woanders einen Job.

„Wie wäre es abends?", fragt sie ihn. „Nach der Arbeit?"

„Abends passt. Sehr gut sogar!"

Dann packt Holger seinen Krimskrams ein und verabschiedet sich von allen.

Dad nickt ihm nur wortlos zu, ich glaube, er mag Holger nicht. Dad findet auch die Sonnenaufgangsküche scheußlich und mein blaues Zimmer „naja".

„Gute Handwerker sind eben selten", meint Dad und will von Matti wissen: „Wieso duzt du den eigentlich?"

„Warum nicht?", fragt Matti zurück.

„Naja, genauso gut könntest du auch den türkischen Gemüsemann duzen. Oder Frau Bellmann. Oder Frau Möller von nebenan."

„Gute Idee!"

Matti lacht und schlägt vor, dass sie Dad bald zum Bahnhof fährt, dann kriegt er seinen Mittagszug noch und das sei auch gut so, denn er müsse doch ganz bestimmt heute noch dringend arbeiten.

Die beiden sind echt komisch. Das mit der Liebe ist irgendwie immer komisch, findest du nicht?

Nö. Glücklich allein ist die Seele, die liebt!

Joy: Bella sagt, das ist von Goethe. Aber ich glaube, manchmal denkt sie sich so was einfach aus. Ich bin jedenfalls heilfroh, dass Liebe für uns noch kein Thema ist. Das bringt nur Probleme und davon hatten wir genug in letzter Zeit. Außerdem haben wir ja schon die Richtigen gefunden: Ich hab Bella und Bella hat mich. Wir ergänzen uns super: Bella kriegt immer die Oberhälfte vom Brötchen, ich die Unterhälfte. Und das alles ohne Streit. Passt also perfekt!

Stimmt. Aber es gibt ja noch eine andere Art von Liebe als Geschwisterliebe. So eine, wo es im Bauch kribbelt, wenn man an jemanden denkt ...

Ach herrjeh!
Also, bei mir kribbelt es im Bauch, wenn ich an meinen Auftritt denke. Und an deinen! Nun sag doch mal ehr-

lich: ist es nicht ein geiles Gefühl, wenn du oben auf der Bühne stehst und die Leute da unten alle klatschen? Und sie meinen DICH!

Zugegeben, das war nicht schlecht.

Nicht schlecht — also wirklich!

He, hör auf, mich zu kitzeln!
Ist gut, ich sag's ja schon: Es war toll! Aber hör auf mit dem Quatsch. Wenn du zu viel Energie hast, dann lass sie an deiner Gitarre aus wie sonst auch!

Bella: Joy holt wirklich ihre Gitarre, denn gute Laune kann sie am besten mit ihrer Gitarre ausdrücken, genauso wie manchmal die Wut. Ich bin auch gut drauf und singe so laut mit, dass die Gabeln auf den Tellern klirren. Von wegen, ich kann nicht singen! Und ich schwöre eins: Wenn ich das in Berlin so lässig hingekriegt hätte, hätten wir ein Vermögen verdient!
„Schluss jetzt!", ruft Matti energisch. „Man versteht ja sein eigenes Wort nicht mehr!"
„Ach, lass die Kinder", sagt Dad. „Ist doch schön, wenn sie ein bisschen Spaß haben."
Kennen wir das nicht? Joy und ich sehen uns an und fangen an zu lachen. Wir kriegen einen richtigen Lachanfall, der gar nicht wieder aufhört, wir kichern und lachen und

gickeln und prusten und immer, wenn wir uns angucken, geht es wieder los. Das dauert so lange, bis irgendwann der Zug nach Berlin mit Dad darin in der Ferne verschwindet.

„Jetzt ist aber gut!", sagt Matti.

„Ay ay Käpt'n!", rufen wir brav.

-31.-

Bella: Joy sagt, ich hab schon den Anfang gemacht, also soll ich jetzt auch das Ende erzählen. Na gut.

Fast drei Wochen sind seit dem Schulfest vergangen und es war eine Menge los. Wir waren zum Beispiel im Fun-Park und das hat wirklich Spaß gemacht, obwohl ich erst gar nicht mitfahren wollte. Aber Joy hat gesagt, dass ich ein **Spielverderber** bin, wenn ich zu Hause bleibe (das Wort Schisser vermeidet sie neuerdings) und schließlich sei ich die Hauptperson, denn mir hat die ganze Klasse die Karten zu verdanken. Und dann wurde es auch echt lustig. Am lustigsten war es, als dem Großmaul Tim im freien Fall aus achtzig Metern die Schuhe wegflogen. Und als Marcel ganz grün im Gesicht aus der Achterbahn kam und er anschließend seinen Doppelwhopper nicht anrühren konnte und ihn meistbietend versteigern wollte.

Joy spielt jetzt fest bei den SHARkX, da gab es gar keine Diskussionen mehr nach ihrem Auftritt.

Das stimmt nicht ganz.

Joy: Benji ist nicht ganz rund mit der Sache. Er trägt einen fetten Gips am Arm und das wird auch noch eine Weile so bleiben.
Ich glaube, er hat Sorge, dass ich besser werden könnte als er. Das merkt man, obwohl er immer so cool tut. Braucht er aber nicht zu haben! Ich bin eben anders, das hab ich von Holger gelernt.
Ach ja, der ...

Hey – nun erzählst du ja doch!

Okay, mach du weiter.

Bella: Also, Holger kann kein Ende finden. Er hat die schwarze Wand in Joys Zimmer violett gestrichen, das wollte sie dann doch so.
Dann hat er mit Matti den alten Bücherschrank in den Keller geschleppt.
„Zum Sperrmüll kann er ja immer noch ...", hat Matti gemeint.
Neulich Abend sind die beiden zusammen essen gegangen. Es war aber rein geschäftlicher Natur. Sie wollen „ein neues pädagogisch richtiges und dennoch fröhliches Farbkonzept für die Kita entwickeln", hat Matti uns wortreich erklärt.

Jaja, wer's glaubt, wird selig!

Ist ja auch egal. Dad ruft jedenfalls neuerdings ziemlich oft an und am Wochenende kommt er, diesmal aber wirklich, hoch und heiliges Ehrenwort!
Naja, und was gibt's sonst noch?

Oh echt, typisch! Das Wichtigste vergisst sie.

Joy: Bella hatte Riesenerfolg mit ihrem Gedicht! Erst hat SAT 1 den Auftritt gebracht. Dann war das Ding plötzlich im Netz. Bis jetzt haben es mehr als 5000 Leute angeklickt, das muss man sich mal vorstellen! Und dann haben die von der Young Girl angerufen und gefragt, ob Bella für sie schreiben will. Einmal im Monat hat sie jetzt dort eine Kolumne: „Was Bella dazu sagt." Da kann sie labern und dichten und rumspinnen ...

Hallo – nicht neidisch werden!

Doch, ein bisschen schon! Nein, nicht wirklich. Ich freu mich echt für Bella, sie ist jetzt berühmt! Ich bin es auch bald, bei mir dauert es nur ein bisschen länger. Aber spätestens, wenn die SHARkX den großen Schulband-Battle gewinnen, ist es so weit. Und es steht fest, dass wir gewinnen!

Ja stimmt, die Sterne sagen das auch.

Hör auf mit den Sternen! Das Horoskop für deinen Auftritt war der totale Flop.

Bella: Zugegeben, aber jetzt hab ich eine andere Strategie: das chinesische Horoskop. Das ist gründlicher und genauer und außerdem sind da alle Menschen Tiere, das finde ich süß. Wir beide sind übrigens Schlangen – genauso weise wie schön.

Joy: Und erfolgreich – yes! Bella schreibt jetzt Songtexte und ich mache die Musik.
„Aber nur, wenn du nicht wieder lachst!“, hat sie gesagt. Also, gelacht hab ich nie darüber! Ich fand es vielleicht nur ein bisschen kitschig ... Aber so mit Gitarre zusammen hört es sich echt gut an.

In the deepest dark
I'm standing alone ...

Mick findet das auch gut. Da kann man was draus machen, sagt er. Apropos Mick, ich krieg jetzt ständig SMS von dem. Diesmal sind sie wirklich von ihm, das ist abgeklärt. Noch nicht geklärt ist, was ich damit anfangen soll. Ich habe es Bella bisher nicht erzählt. Wie war das noch mit den Geheimnissen? Aber ich behalte es nicht lange für mich, das kann ich gar nicht. Vielleicht treffe ich mich mal mit Mick. Oder ich schicke Bella, inkognito. Mal sehen, wann der das merkt ...
Oh Mann, ich glaube, wir haben demnächst ziemlich viel vor, Bella und ich.

蛇

Die Schlange

Die Schlange verkörpert Weisheit und Schönheit. Im Zeichen der Schlange Geborene sind Forscher und Denker, die es lieben, zu philosophieren. ← Bella

Die Schlange ist aber auch ein schlechter Verlierer. Wenn man sie reizt, kann sie giftig werden und ist dann ein gefährlicher Gegner. ← Joy

Ihr Lebensmotto lautet: Was ich mir in den Kopf setze, das schaffe ich auch!

DONNERSTAG:

Nochmal zu Ikea, Betten kaufen!!!

4YOU BAND BATTLE
Music you like!

4YOU sucht die beste
Schulband Deutschlands
6 Wochen – 150 Schulen – **and you!**

Glücks

Kann man seinem Horoskop vertrauen oder ist alles nur ein Fake?
OH! OH!
Was Bella dazu meint.
2 € von Mick zurück – nicht vergessen!!!
„ “
Meint er es ehrlich mit dir?
1. Wie reagiert er, wenn ihr euch zufällig begegnet?
a) Er umarmt dich stürmisch.
b) Er sieht verlegen weg.
c) Er sagt förmlich „Hallo!“
2. Wenn ein anderes Mädchen auftaucht …
a) flirtet er, was das Zeug hält.
b) bemerkt er es gar nicht.
c) ist er höflich, aber distanziert.
3. Habt ihr euch schon mal geküsst?
a) Ja, einmal, ganz vorsichtig.
b) Logisch! Gleich beim ersten Date.
c) Nein, das hat noch Zeit.
Weihnachts-Wunschzettel
Neue Handys mit Flatrate-Vertrag!
4ever Sister

© Privat

Sabine Gutsch hat in Darmstadt und Mainz Kommunikationsdesign studiert und arbeitet als Grafik-Designerin und freiberufliche Illustratorin im Bereich Kinder- und Jugendmedien. Sie schwingt Pinsel, Stifte und Mouse in Heidesheim am schönen Rhein.

Sibylle Rieckhoff hat Illustration studiert und anschließend als Grafikerin und Art-Directorin in der Werbung gearbeitet. Im Jahr 1999 beschloss sie, ihre Ideen lieber in Geschichten für Kinder zu stecken, und diesen Entschluss hat sie niemals bereut. Seitdem sind über 50 Bücher bei verschiedenen Verlagen erschienen und wurden in viele Sprachen übersetzt.
Sie lebt mit ihrer Familie und mit Hund und Katze in Hamburg.

LESEPROBE

„Ziemlich verrückt und unglaublich verliebt“
von Carol Midgley
ISBN 978-3-473-58475-8

!!!

Mai

Samstag
19 Uhr

Ich schreibe dieses Tagebuch unter meinem neuen Ikea Bettbezug. Ich schwitze wie ein Schwein auf der Sonnenbank. Ein mausgraues Schwein mit Mitessern, wenn ihr es genau wissen wollt. Ich könnte den Erstickungstod sterben, aber das wäre vielleicht nicht mal das Schlechteste. Mein Leben ist so was von V.O.R.B.E.I. Ich kann keinen Fuß mehr in die Schule setzen. Ich würde mich sonst zu Tode schämen. Also egal wie man es dreht und wendet, ich bin erledigt.

Ich werde mein Zimmer nie mehr verlassen, selbst wenn *England sucht das Supertalent* läuft.

19.10 Uhr

Hmmm. *England sucht das Supertalent* hört sich ziemlich gut an. Dad ist unten und zieht meine kleine Schwester Phoebe auf. Er schnappt sich das Telefon und tut so, als wolle er sich bei der Show anmelden. »Ich werde die Nationalhymne pupsen«, sagt er ganz ernst ins Telefon, so als würde er mit dem Sendeleiter reden.

Phoebe, die gerade erst drei geworden ist und so ziemlich alles glaubt, was man ihr erzählt, versucht, ihm das Telefon wegzunehmen.

»Nein, Daddy, biiiiitte, bitte nicht im Fernsehen furzen«, heult sie.

Was ziemlich lustig ist, aber ich darf mich nicht in Versuchung führen lassen. Ich hasse meine Eltern. *Hasse* sie. Wenn sie nicht schon wieder auf dem Sofa rumgemacht hätten (knutschen in ihrem Alter – genau vor meinen Augen! Das ist praktisch Kindesmisshandlung!), wäre ich niemals mit unserem Hund rausgegangen, damit ich nicht reihern muss, und ich hätte auch nie IHN, Damian Griffiths aus unserer Stufe, den traumhaften, zum Anbeißen göttlichen Damian, wie Megan ihn immer nennt, getroffen (sie meint, sie wäre gut in Deutsch, dabei schaut sie einfach in Rogers Tesau-oder-wie-auch-immer-das-heißt nach), und hätte auch nicht die größte Demütigung meiner zwölf armseligen Lebensjahre erlebt.

Warum sind Mum und Dad nur so? Warum können sie nicht wie normale Eltern sein und sich scheiden lassen? Meine Freunde wissen gar nicht, was für ein Glück sie mit ihren Eltern haben, die sich gegenseitig hassen, so wie sich das gehört. Dümmlich verliebte Eltern sind das Allerschlimmste. Mein Dad – und das ist jetzt wirklich superekelig – kneift meiner Mum manchmal in den Hintern, wird dann ganz rot und sagt: »Baby, du hast noch immer den Körper einer 18jährigen.«

Hallo? Ist der Mann blind? Wie viele 18-Jährige haben schlabbrige Oberarme und eine Kaiserschnittnarbe? Emily Morgans große Schwester ist 18 und sie hat eine Figur wie Beyoncé. Mick Tayforth (der ein bisschen pervers ist) sagt, dass sie »rundum lecker« ist und man »mit ihrem Hintern Nüsse knacken könnte«. Ich glaube, das ist ein Kompliment. Wohingegen meine Mutter gottverdammte vierundvierzig Jahre alt ist und einen Hintern wie ein Pudding hat.

Mein Dad ist also nicht nur ein schlechter Vater sondern auch noch ein Lügner.

Mein Bruder Rick, der 15 ist, sich die Haare wachsen lässt und mich meistens ignoriert, weil ich ein »Loser« bin, sagt, dass die beiden gnadenlos egoistisch sind, und wenn wir irgendeine Chance auf einen Studienplatz haben wollen, müssen sie sich trennen oder wenigstens arbeitslos werden, weil die Unis nur noch Kinder aus unterprivilegierten Verhältnissen nehmen.

Fiona Wildes Dad hat ihre Mum für eine Kellnerin verlassen und ist mit ihr nach Lanzarote gezogen, und jetzt ist Fionas Klassenlehrerin, Mrs Ryan, total nett zu ihr und sagt Sachen wie: »Nicht so schlimm, wenn du deine Hausaufgaben nicht machen konntest, Fiona. Ich weiß, dass bei dir im Moment gerade alles ziemlich chaotisch ist.« Chaotisch? Die sollte mal zu uns nach

Hause kommen! Rick behauptet, Fiona kann jetzt auf jede Uni gehen, ohne dafür zu lernen, weil sie nun offiziell aus einer »zerrütteten Familie« kommt. Ich bin zu aufgebracht, um jetzt noch weiterzuschreiben. Wenn das Tagebuch plötzlich aufhört, heißt das, dass ich an ~~Asfixy Asphixio~~ zu wenig Luft gestorben bin.

19.13 Uhr

Falls eines Tages irgendjemand meine Leiche findet und wissen will, warum ich hier liege, kommt jetzt mein offizielles Testament.

Folgendes ist passiert: Ich bin mit Simon in den Park gegangen (das ist unser Hund), aber zuerst musste ich die Hundetüten aus dem Schrank unter der Spüle holen. Außer dass natürlich mal wieder keine da waren, weil meine Mum ja zu beschäftigt mit Flirten ist, um überhaupt ans Einkaufen zu denken. Also habe ich stattdessen eine Einkaufstüte von LIDL genommen. Beim Spaziergang hat sich Simon sehr gut benommen – für seine Verhältnisse zumindest. Er hat nur einem einzigen Kleinkind den Ball plattgebissen, und, na ja, auch einmal an einem Picknickkorb sein Bein gehoben, aber ich glaube, die haben das gar nicht gemerkt. Jedenfalls hat er sein Häufchen gemacht. Ich habe anschließend selbstverständlich alles aufgesammelt, weil ich eine verantwortungsvolle Mitbürgerin bin. Es war WIDERLICH und ganz flüssig. Dann habe ich die Tüte oben zugeknotet und nach einem Abfalleimer Ausschau gehalten, und da habe ich *ihn* gesehen. Damian. Den Jungen, mit dem ich mich während des letzten halben Jahres in Bio, Mathe und Englisch am meisten beschäftigt (soll heißen: ihn angestarrt) habe. Er ist *der Richtige.*

Als ich ihn im Park gesehen habe, hat er sich gerade mit Sean O'Connor hingesetzt und ziemlich lässig auf einem Grashalm rumgekaut. Sean O'Connor ist für meinen Geschmack ein bisschen zu seltsam und schüchtern, aber er kann wohl Gitarre spielen, was ihn wieder ganz annehmbar macht, obwohl er einen Streberhaarschnitt hat.

Und dann kam alles wie folgt:

»Hi«, sage ich ganz locker und niveauvoll – na ja, so niveauvoll, wie man eben sein kann, wenn man ein halbes Kilo Hundedurchfall neben sich baumeln hat.

Ich rufe Simon bei Fuß, weil ich wie eine Frau aussehen will, die alles im Griff hat.

»Cooler Hund«, sagt Damian.

»Danke«, sage ich und versuche, meine Jacke nach hinten zu ziehen, damit die beiden Jungs das T-Shirt sehen können, das Amber mir gekauft hat. Die zwei sollen wissen, dass ich mich für eine vom Aussterben bedrohte Tierart einsetze. »Wir haben ihn aus dem Tierheim. Er war vor einem Supermarkt angebunden. Simon war so abgemagert, dass sie nicht mal sagen konnten, welche Rasse er ist.«

»Was für eine Rasse ist er denn?«, fragen beide gleichzeitig.

»Ein Labrador-Schäferhund-Spaniel-Beagle-Mischling«, sage ich stolz – es gibt nicht viele von seiner Sorte.

»Für solche Leute sollte man wieder Erschießungskommandos einführen«, sagt Sean, was, ehrlich gesagt, der längste Satz ist, den ich jemals von ihm gehört habe. Dann sagt er, dass er sich einen Collie aus dem Tierheim holen will, sobald sein Dad die verrosteten Fahrräder aus dem Hinterhof geräumt hat.

Kurz gesagt: Alles lief GROSSARTIG – ich aalte mich in ihrer Aufmerksamkeit als Hunde rettende Heldin, sie streichelten Simon, der ganz lieb mit seinem Hintern wackelte und nur ein kleines bisschen ihre Beine anpimpern wollte, aber dann sprang Damian plötzlich schreiend zurück.

»Igitt! Weg damit. HAU AB!!«

Zuerst dachte ich, er meinte Simon. Aber dann erkannte ich, worauf er zeigte: die Einkaufstüte direkt aus der Hölle. Unten war gelbe Hundekacke rausgespritzt und hatte Damians nagelneue Jeans komplett versaut. Herr im Himmel, ich hatte vergessen, dass die Supermärkte heutzutage Löcher in ihre Tüten machen, damit nicht irgendwelche dummen Kleinkinder darin ersticken können.

Danke, liebe Mutter. Nicht genug, dass ich vor dem coolsten Jungen der Schule, meinem zukünftigen Ehemann, gedemütigt bin, es ist dir anscheinend auch egal, wenn ich an Toxoplas-oder-wie-auch-immer-das-heißt sterbe.

20 Uhr

Ich zeige meine Eltern so was von an – wegen Kinderquälerei. War gerade unten und wollte mir ein Mini-Milk-Eis aus dem Gefrierschrank holen, und da habe ich ihnen dummerweise erzählt, was passiert ist, und dass ich am liebsten sterben würde oder wenigstens die Schule wechseln. Zuerst waren sie ganz seltsam und ruhig. Dann ist mir aufgefallen, dass Dads Schultern gebebt haben und Mum sich ihr Frauenmagazin vors Gesicht gehalten hat. Sie haben GELACHT.

»Wie schön, dass ihr es lustig findet, wenn eure Tochter sozial geschnitten wird und in eine Kindheitsdepression verfällt«, kreische ich.

»Wer hat dich geschnitten?«, sagt Phoebe. »Brauchst du ein Pflaster?« Warum liegt dieses Kind noch nicht im Bett?

»Ich wünschte, jemand hätte das gefilmt«, ist alles, was Dad herausbringt.

22 Uhr

Schicke Amber eine SOS-Nachricht. »Ziehe definitiv mit 16 aus«, schreibe ich. »Krise deluxe. BTW, darf ich Franze bei dir abschreiben? Kuss.«

Bei meinen Problemen habe ich ja wohl kaum Zeit, mir Gedanken über irgendeinen blöden Aufsatz mit dem Titel »Les Vacances« *(très original, professeurs)* zu machen.

Amber ist meine beste Freundin. Ich kenne sie schon, seit wir zwei sind. Wir haben früher in derselben Straße gewohnt und haben, wie unsere Mütter gar nicht oft genug betonen können, gleichzeitig gelernt, aufs Klo zu gehen. Manche Leute verstehen Amber nicht, was daran liegt, dass sie ein bisschen ruhig und ernst und von der Umwelt besessen ist. Manchmal – und ich sage das wirklich nur, weil ich sie gern habe – sieht sie ein bisschen picklig aus. Sie nimmt kein Make-up zum Abdecken und verwendet nur 100% schadstofffreie Seife, die aus Gras oder Elefantenkacke oder sonst was gemacht ist. Aber sie ist sehr witzig und loyal, und wenn ich eine Krise habe, ist sie immer für mich da.

Außer jetzt. Warum hat sie noch nicht auf meine Nachricht geantwortet? Die blöde Kuh hat vielleicht einfach ihr Handy nicht aufgeladen. Warum können die Leute nicht besser organisiert sein? Was, wenn ihre beste Freundin sie braucht? Bin ich denn nur von Egoisten umzingelt? Das sind die Fragen meines sogenannten Lebens.